HISTORIAS DE HOOKWOOD

MICHAEL N. WILTON

Traducido por

AINHOA MUÑOZ

Publicado en 2021 por Next Chapter

PRÓLOGO

Cuando la vida silvestre en Hookwood se ve alterada por la llegada de una joven pareja ansiosa por establecer su primer hogar en común en una cabaña abandonada, un joven y curioso conejo llamado Startup decide contribuir terminándose la comida del picnic que están haciendo, la cual fue donada por una vieja amiga de la pareja para la ocasión. Como castigo, su madre Dora le manda cuidar a su alocada amiga, Clara Goose, mientras esta se muda de casa para huir de la atención de la mascota de la joven pareja, un temible gato pelirrojo.

Después de devolver los ahorros de toda la vida a sus amigos, conseguidos de forma dudosa por Squirrel Nabbit, el bribón prestamista, Startup se dispone a evitar que los ahorros de Clara caigan en manos de una rata parda engatusadora conocida como el capitán Mayfair, que está recaudando fondos para respaldar una insurrección liderada por el temible rey Freddie y su colonia de ratas pardas.

Considerado como una amenaza para el éxito de los planes del capitán, Startup es alentado a caer bajo el hechizo del arma secreta de las ratas pardas, una coneja de aspecto seductor llamada Lola, que es enviada para atrapar al confiado conejo y apartarle del camino.

Tras una serie de aventuras en las que es ayudado por sus amigos, Prudence y Grumps, así como por Puggles el cerdo y Hedgie el erizo, Startup se ve envuelto en una lucha contra las ratas pardas y pronto se encuentra cara a cara enfrentándose con el mismísimo archivillano, el rey Freddie.

En un apogeo apasionante, Startup se encontrará atrapado en un combate cuerpo a cuerpo hasta el final contra el rey Freddie, en el cual su amigo Grumps saldrá a su rescate dispuesto a sacrificar su propia vida.

1

ALGO EN LA CABAÑA DE ROBLE

-Me pregunto, ¿qué está pasando?-chilló Startup, el joven conejo incontrolable expresando los pensamientos de todos los animales que se acercaban para ver qué sucedía. Algo estaba ocurriendo en la cabaña de roble y pronto las noticias volaron por todo Hookwood.

Una furgoneta grande se abría paso hacia la cabaña solitaria, y su avance inseguro era difundido por los árboles del recorrido. Esta se detuvo al fin a los pies de unos viejos escalones de piedra tallados en un banco que había a un lado del camino, y salieron varios hombres y un muchacho que señalaron el cartel y la cabaña de arriba.

Al principio había dudas de si habían llegado al lugar correcto, porque se trataba de una graciosa casa de campo vieja y destartalada situada muy por encima del camino arenoso en medio de las tierras de cultivo circundantes, a un kilómetro y medio de Tanfield, el pueblo más cercano.

Aquella cabaña estuvo vacía durante tanto tiempo que muchos de los animales habían llegado a considerarla suya. De hecho, los gorriones y los estorninos habían estado anidando bajo las tejas rotas del techo durante muchos años, y Squire Nabbit, la ardilla pícara, había estado almacenando allí sus nueces desde que tenía memoria. Todo aquello era bastante inquietante, y algunos de los animales más mayores del lugar parecían un poco preocupados.

-Os diré lo que significa esto-dijo con voz ronca Grumps, el búho tuerto, haciendo que todos saltaran-Son humanos, ¡mirad!-señaló con la garra, casi perdiendo el equilibrio sobre la rama mientras lo hacía.

Uno de los conejitos soltó una risita, pero los demás le hicieron callar y estiraron el cuello con expectación. De repente, se escuchó una cháchara que procedía del camino. Las puertas del coche se cerraron de golpe y una joven pareja subió corriendo por los escalones, adelantando apresuradamente a los hombres de la mudanza para llegar a su primer nuevo hogar juntos. El estado descuidado de la cabaña no parecía preocuparles. Charlaban con entusiasmo, asumiendo felizmente la condición de la cabaña y el jardín descuidado, y los hombres con chaleco apreciaron parte de su estado de ánimo y se pusieron manos a la obra, intercambiando algunas bromas amistosas.

-A mí ellos me parecen bien-espetó Startup, y algunos de los demás conejos estaban de acuerdo con él en secreto, pero no les gustaba ofender a Grumps.

-¿Dónde está tu educación, cariño?-murmuró su madre, Dora. Su padre resopló y le hizo un gesto para mostrarle quién era el jefe.

Se produjo un jaleo brusco en lo alto de los escalones. El joven chico de la mudanza estaba luchando contra una cesta de mimbre, y sin previo aviso una pata atravesó la tapa y le arañó la cara, haciéndole soltar la cesta con un grito.

-Oh, cielos-dijo Dora débilmente-Creo que es hora de que me vaya a casa y prepare la cena. Vamos, Startup, ya tendrías que estar en la cama.

-Pero esto está empezando a ponerse interesante-protestó su hijo-Déjame quedarme con papá, solo un minuto.

-Entonces pregúntale a tu padre-dijo Dora nerviosa, mirando por encima de la hierba alta.

Después de transmitirle el mensaje, Startup volvió hacia su madre-Papá dice que te pregunte. ¿Puedo, por favor?-dijo.

El conejo estaba hablando solo, porque Dora ya se estaba alejando por la ribera tan rápido como sus temblorosas patas la llevaban. Su marido, Ben, podría no tener miedo a los gatos, pero ella sí, y no pensaba esperar más para saber qué pasaría. Este resultó ser un gran gato naranja que saltó de la cesta, de esos que no soportan las tonterías. Se movió rígidamente arriba y abajo durante un rato, interponiéndose en el camino de todo el mundo, y casi provoca que los hombres de la mudanza se tropezasen mientras subían los escalones con los bártulos. Entonces uno de los hombres fue a buscar al nuevo dueño de la casa, que sentó al gato en una caja improvisada y le dijo, con voz muy seria, que no se moviese. El gato simplemente parpadeó con desdén, sacudió su alborotado pelaje y comenzó a lamer su frente de vez en cuando, mientras echaba una mirada somnolienta pero vigilante sobre el lugar.

Ver al gato esperando en la puerta parecía alarmar al joven, y cada vez que llegaba con un bulto lo dejaba apresuradamente y salía disparado, temiendo que el animal le arañase. Pronto empezó a acumularse una colección extraña de muebles y cajas. Al final había tantas cosas que cuando el joven propietario apareció desde el piso de arriba se dio cuenta de que apenas podía salir, y el siguiente trabajador de la mudanza que iba detrás se encontró el paso bloqueado. Fue un buen lío.

Startup dio un codazo a su padre y señaló con alegría, pero Ben le hizo callar y sacó su pipa. Eso estaba empezando a ponerse interesante y no quería perderse nada.

Pronto, dos hombres más de la mudanza que retrocedían con un sofa tropezaron con el obstáculo y se detuvieron repentinamente. Después de muchas vacilaciones, dieron la orden de no traer más cosas. Pero para entonces, los hombres ya estaban dando golpes similares a los que provocan una multitud de trenes de mercancías que retroceden hacia una vía muerta.

Había que hacer algo. El encargado de la mudanza se rascó la cabeza y miró a su alrededor esperando órdenes. Pero fue el gato quien sin saberlo le dio la respuesta. Aburrido de todo aquello, saltó por encima de sus cabezas en dirección al porche, paseó por la parte baja del tejado que estaba cerca y desapareció por la ventana abierta.

Finalmente, logrando salir por la puerta, el joven dueño observó al gato y le este le dio una idea. Hizo señales con el brazo a los hombres de la mudanza y señaló la ventana. Al principio estos asintieron, sonriendo educadamente a su vez. Luego, cuando entendieron lo que se les pedía, las sonrisas desaparecieron y buscaron a un voluntario. Como si todos se hubieran puesto de acuerdo, sus ojos se desviaron hacia el muchacho que inmediatamente dejó de reír y trató de salir corriendo. Antes de que pudiese huir lejos, el joven se encontró levantado del suelo en el porche con facilidad por un tipo grande y fuerte, y allí se encogió, con el pie atascado entre dos tablones separados que formaban el techo del porche, suplicando que lo bajasen.

En vez de ayudarle, uno de los hombres levantó una silla y le dijo con una carcajada que se sentase en ella mientras pudiese, porque aún quedaban muchas cosas por traer.

Los hombres de la mudanza formaban un

grupo con buen carácter, ansiosos por terminar, y uno de ellos incluso se subió a su lado, con la pierna apoyada en el porche para ayudar a aliviar la carga y levantar las cosas pesadas. Primero fue una mesa y después un armario de cocina, que el muchacho dijo seriamente que nunca podría hacer pasar por ahí en menos de un mes, pero lo hizo, y siguió llevando cosas. Era increíble lo que entraba por esa ventana.

-¿Para qué son esos graciosos trozos de madera?-preguntó Startup bastante confuso, pensando en su propia madriguera estrecha.

-Por el amor de Dios-farfulló su padre con la pipa en la boca sin querer demostrar su ignorancia-Deja de hablar, no puedo oír lo que están diciendo.

-Caramba, ¿entiendes el lenguaje humano?-Startup se quedó muy impresionado.

Su padre simplemente tosió dándose importancia.

Después de aquello, Startup intentó escuchar con más respeto aunque aquello todavía carecía de sentido, así que solo miraba por si se perdía algo. No tenía de qué preocuparse, no parecía que ocurriese nada. Todo se había detenido y los hombres se quedaron levantados, arrastrando los pies, esperando para ir a su próximo encargo, mientras trataban de evitar las miradas de reproche de la joven que había bajado para enterarse de lo que pasaba.

-No es culpa nuestra-parecía decir el encargado, moviendo los brazos en señal de disculpa hacia el montón de bultos que había en la puerta-Hicimos la entrega como prometimos y por eso nos pagaron. Le ruego que me disculpe, señora-se tocó el sombrero con torpeza y retrocedió-Su gato se ha ido y ha hecho que lleguemos tarde a otro encargo que tenemos en Packham Hill. Solo hicimos este trabajo como algo especial, supongo que para cuadrar los dos encargos.

Detrás de él, los demás hombres ya captaron la indirecta, corriendo escaleras abajo como los estudiantes que salen pronto.

-¡Oh, por favor, quédense!-rogó la joven, pero estaba hablando sola, y pronto solo se escuchó el ruido de un tubo de escape para recordarles que había pasado alguien más por allí.

La mujer se dio la vuelta y echó un vistazo a los muebles atascados en la puerta. De repente, le pareció que aquello era demasiado y con un gemido se arrojó a los brazos de su marido.

-¿Qué dice?-susurró Startup.

-Está un poco molesta-respondió su padre de forma algo innecesaria.

-¿Qué está diciendo ahora?-preguntó su hijo tras escuchar otro grito de angustia.

-Creo que dice que no encuentra una tetera...-respondió Ben tras una larga pausa. Después añadió pensativo-¿Para qué querrá eso?

Startup estaba desconcertado. Eso era lo mismo que se preguntaba él.

-¿Hay algo que podamos hacer?-arrugó la nariz.

-¿Hacer?-repitió su padre de mal humor-No hacemos nada. No se ayuda a los humanos; te mantienes lejos de ellos-explicó de forma brusca-Los humanos no son como nosotros-dijo golpeando el suelo de forma enfática con las patas traseras-Son diferentes-y asintió con la cabeza como si así respondiese a todo.

-Oh-dijo Startup sin estar del todo convencido-Quizá le guste la sopa de chirivía. Es algo nutritivo-aquella palabra se la escuchó decir a su madre y parecía importante.

-No-espetó Ben, irritado-Eso es mi cena, y si sigues diciendo esas cosas acabaremos convertidos en pastel de conejo. Ahora cállate, no puedo oír lo que está pasando.

Este resopló furiosamente para concentrarse, pero las voces ahora eran mucho más tranquilas y era difícil escuchar algo. El joven estaba intentando calmar a su esposa, mientras miraba a su alrededor para ver qué se podía hacer. Todo estaba tan caótico que era evidente que no sabía por dónde empezar. Por suerte, se salvó de tomar una decisión inesperada. De repente se escuchó un ruidoso "hola" desde abajo, y apareció una mujer grande y alegre que llevaba un gran cesto. Su llegada tuvo un efecto inmediato. Fue como si un hada hubiese agitado una varita mágica. Al ver el cesto, una sonrisa de alivio sincero iluminó el rostro de la joven y se apresuró a saludar a su amiga, abrazándola y bailando un poco encima de los escalones.

Aquello fue demasiado para Grumps, el búho tuerto, que se había quedado allí como un serio acto de deber. Indignado, se fue volando-Esto no traerá nada bueno-murmuró sombríamente.

Pero Startup miraba aquello encantado. Estaba tan absorto por la diversión y la alegría que casi se anima él también, pero su padre logró agarrarle justo a tiempo.

En su lugar estos se deslizaron, siguiendo a la mujer que vino de visita mientras esta se entusiasmaba por el hermoso jardín. De hecho, la amiga, que se llamaba Olga, estaba tan extasiada sobre la jungla, el césped enmarañado y los macizos de flores medio escondidos que Joan, la joven esposa, casi empezó a estarlo también. Su marido, George, estaba más que dispuesto a creer cualquier cosa en este punto, y por suerte llevó el cesto detrás de ellas.

Este estaba quitando el polvo de algunas tumbonas, con intención de llevarlas por la selva de hierba cuando casi pisó a los dos conejos. Estos estaban tan ansiosos al ver toda la comida que se estaba sirviendo allí que no vieron al humano hasta que este estuvo casi encima de ellos.

Ben miró hacia arriba enfadado, y Startup hizo un movimiento descarado con sus patas traseras antes de saltar detrás de su padre, que se abrió camino intentando parecer digno.

George se quedó tan desconcertado por el encuentro que casi dejó caer las sillas. De donde él venía no había conejos en kilómetros a la redonda, y ahora, el hecho de tropezar de repente con algunos como estos le alegraba el día. Se quedó allí saboreando el momento, sintiendo que por fin había encontrado su lugar en el mundo. Todo eso estaba ligado a esa maravillosa sensación de tener su propia casa por primera vez. Se quedó tan absorto en sus pensamientos que las demás tuvieron que llamarle varias veces para que se diese cuenta de que estaban allí.

Mientras colocaba las tumbonas le contó a su esposa, con bastante vergüenza, que acababa de ver unos conejos.

-¿Conejos?-rio la alegre dama-Recuérdame que te dé una receta de pastel de conejo, querido. Está delicioso.

Al escuchar estas palabras, los mismos arbustos que les rodeaban parecieron crujir por el sobresalto, y no muy lejos, el viejo Ben se detuvo en seco, provocando que Startup tropezase con él.

-¿Has oído eso?-chilló su padre furioso-Pastel de conejo. Eso es lo que pasa por ser demasiado amable, recuérdalo.

Su arrebato provocó que Startup diese una voltereta hacia atrás con asombro. No había visto a su padre tan exaltado desde el día en que este se sentó en una horqueta. El viejo Ben dio una calada tan fuerte a su pipa que casi desapareció en una nube de humo. Luego asomó la cabeza y dio un golpe a Startup con el pie.

-Quédate lejos de la cabaña de roble, ¿me

oyes? O también acabarás siendo un pastel exquisito-resopló-Eso es todo. Me voy a casa a cenar.

-¿Pero qué pasa con toda esa comida, papá?-gritó Startup.

-Volveré por la mañana cuando aún estén en la cama y traeré algo, si es que queda comida-gruñó su padre, pateando de mal humor a un saltamontes que pasaba por ahí.

El insecto ofendido se alejó indignado-¡Qué conejo tan grosero!-dijo.

El joven Startup no pudo evitar sentir nostalgia por toda esa comida, como si se tratara de un equipaje no reclamado en una oficina de objetos perdidos. Cuanto más pensaba en ello, más despacio avanzaba. De vez en cuando, se detenía y mascaba pensativamente, y pronto se quedaba atrás. Después, como si estuviera ensayando su defensa para más tarde, se encaminó virtuosamente hacia lo que consideró un atajo a casa. Pero por una extraña coincidencia se volvió a encontrar en el jardín, cerca de la fiesta picnic de los humanos adultos.

¿Hola?-pensó-¿Cómo ha pasado esto?-después, de forma educada para no molestar a nadie, reflexionó-Mientras esté aquí supongo que será mejor que me asegure de que nadie haya movido el cesto en el caso de que se haya perdido. Después de todo-añadió para sí con alegría-todo el mundo sabe que los conejos son buenos buscando cestos perdidos, en especial cuando contienen muchas cosas sabrosas como lechugas, zanahorias y coles-agitó la nariz. Sus patas traseras bailaron un poco con expectación mientras avanzaba.

No tenía de qué preocuparse. De hecho, quedaba tanta comida que la joven pareja y su invitada yacían tendidos y contentos, dejando la mitad de las cosas que había en el cesto sin tocar. El joven Startup llegó justo a tiempo para ver a la alegre dama levantarse un poco de mala gana y despedirse. Cuando se deslizó para mirar más de cerca, sus ojos se pusieron como platos al ver toda esa comida desparramada por ahí.

Mientras miraba totalmente hipnotizado, la joven regresó y observó la cabaña como si la viese por primera vez. En ese instante se cayó una teja del techo con estrépito y una ventana del piso de arriba se abrió de par en par, mostrando paneles de vidrio medio rotos y pintura desconchada.

-Oh, George, ¿qué hemos hecho?-dudó ella de repente.

Pero George sonrió felizmente con total seguridad-No te preocupes, mi amor, tenemos mucho tiempo. Piensa en cómo se verá la casa dentro de diez años. Y con toda esa comida deliciosa que nos han dado no tendremos que comprar nada durante semanas-dijo. Se estiró y cerró los ojos saboreando el panorama.

Aquella era una oportunidad demasiado buena para desperdiciarla. Startup respiró hondo y saltó volando hacia el cesto. Aunque no entendía una palabra de lo que decían los humanos adultos, este estuvo de acuerdo con sus sentimientos en todo momento.

La joven tenía sus propias ideas sobre el tema-Querido George-dijo con dulzura-si tenemos que esperar tanto tiempo nunca meteremos ninguno de los muebles en casa-y con un movimiento de cabeza resuelto se dirigió a la puerta principal.

-Oye, espérame-George se levantó apresuradamente, y mientras se ponía erguido, cerró accidentalmente el cesto de golpe cuando siguió a su esposa a la casa.

Pum. Tras el sobresalto inicial de verse atrapado dentro, Startup sintió que tenía que aprovecharlo al máximo y comenzó a fortalecerse con algunos bocados de comida para que eso le ayudase a superar los peligros que se avecinaban.

Fue un conejito enorme y extremadamente saciado quien se topó con la mirada de sorpresa de George cuando aquel regresó para recoger el cesto más tarde durante esa noche.

-¡Aquí está!-parpadeó incrédulo ante los envases vacíos que estaban esparcidos por ahí- ¡Este pequeño sinvergüenza se ha zampado todo!

A George esto no le hizo gracia. Ya no miraba a los conejos igual que antes. Tras una larga y agotadora noche limpiando deseaba poder sentarse y tomar un poco de comida. Por suerte para Startup, este no estaba en condiciones de perseguir conejos. En el momento en que el humano recobró el juicio y agarró al descarado y gordo culpable, el conejo se las arregló para dejarse caer sobre la tapa del cesto y alejarse tambaleándose hacia la acogedora oscuridad.

En aquel evento su codicia fue su perdición. Cuando el conejo agotado finalmente llegó a casa, se quedó atascado en la entrada de la madriguera y tuvo que esperar a que llegase la mañana para que su padre, escandalizado, pudiese cavar un túnel para sacarle.

2

EL TESORO PERDIDO

Startup se sintió bastante inseguro a la mañana siguiente. Inseguro por el mal genio de su padre, inseguro por lo que diría su madre cuando viese el gran agujero en la puerta principal, y sobre todo, inseguro por su barriguita apretada y redonda que le hacía sentir muy incómodo. Este caminó con indiferencia hasta que el movimiento de sus patas en el suelo arenoso hizo tanto ruido que se deslizó hacia un rincón y se acurrucó. Por desgracia para el travieso conejito, el olor de la comida que se tomó pareció pegarse a él, y el aroma flotaba por la madriguera y atraía a su padre y a su madre como si fuese un imán.

Ben se enfrentó a él, furioso en secreto por

que Startup se había comido toda la exquisita comida que él deseaba. Es más, podía oler la evidencia porque era inconfundible. Incluso pudo distinguir diferentes sabores como lechugas jugosas y hojas de zanahoria , y sí, un último sabor que le dejó muy irritado y que solo podía ser flan de fresa.

Justo cuando su padre se estaba volviendo loco, la madre le desanimó al unirse a su hijo. Sintiéndose culpable por dejar a Startup solo la noche anterior, Dora sorprendió a Ben acusándole de llevar a su hijo por el mal camino.

-Si me hubieses conseguido una casa nueva como te pedí, con una entrada más grande como la que tiene mi amiga Priscilla en la orilla oeste, nada de esto habría sucedido-dijo ella.

Ben murmuró para sí de forma pesimista. Sus opiniones sobre la amiga de su esposa, Priscilla, daban para llenar un libro, pero no tuvo ocasión de airearlas.

Su mujer levantó una pata para evitar que la interrumpiese-Lo único que te interesa es quedar con tus amigos en Dandelion Inn. Sé lo que haces-dijo.

Startup se dio cuenta de que ya no podía soportar el sonido de sus voces. Estas resonaban como un trueno y le dolía la cabeza, así que salió de la madriguera cabizbajo y esperando que nadie lo notase.

No tenía por qué preocuparse. Su madre se hallaba en plena fluidez, estaba empezando a divertirse y a sacar a relucir todos esos pequeños detalles que la habían molestado durante años, hasta que sus ojos brillaron con justa indignación.

-Y otra cosa-acusó al ahora perplejo Ben, que comenzaba a desear su tabaco de conejo para calmar sus nervios destrozados-ya no pienso seguir viviendo aquí, ahora hay un gato merodeando por fuera. Ya no es seguro salir de noche.

En el exterior, el aire de la mañana tenía un aroma fresco y saludable, y Startup ya comenzaba a sentirse un poco mejor. Asomó la cabeza con prudencia y su nariz se movió de forma apreciativa. Después de todo, decidió que aquel iba a ser un día bonito.

Ni siquiera el olor a huevos fritos y bacón que flotaba por la ventana alteró su estómago, y comenzó a animarse. Dio un salto hacia delante, diciéndole a su barriguita que aunque sabía que no le quedaba más espacio para comida, no habría nada de malo en echar un vistazo.

Estaba tan absorto en sus pensamientos que se topó con Squire Nabbit, la vieja ardilla bribona que había hecho una fortuna estafando a los animales con sus ahorros, haciéndose pasar por un supuesto prestamista honesto.

-Oh, eres tú, joven Startup, ¿verdad?-dijo la ardilla, mirando miope a través de sus gafas, con los ojos cansados por contar montones de nueces.

-Hola-dijo Startup con descaro-¿Tú también quieres desayunar?

Squire se frotó los bigotes dándose importancia-Dios mío, no. Tengo otras cosas más importantes en las que pensar. Vete, joven conejo, y no me molestes-dijo. Después se dio la vuelta pensativamente-No, espera...puede haber...ah, algo insignificante que tú puedas hacer por mí-luego se expresó nuevamente de forma muy presumida-¿O debería decir, algo que puedas hacer?-hizo una pausa y se acicaló los bigotes, considerándose a sí mismo como una mezcla entre un estadista anciano y un banquero internacional.

Startup simplemente resopló y dio una patada lateral a modo de burla. Al ver que el conejo no prestaba atención, Squire habló astutamente-Es decir, si crees que eres lo bastante fuerte-dijo.

Ese era demasiado reto para resistirse-¿Yo, lo bastante fuerte? ¿Lo bastante fuerte para qué?

-Oh-dijo Squire despreocupadamente-Solamente es una cosita que tengo que recoger. Nada demasiado agotador, por supuesto. Después de anoche supongo que no te sentirás con ganas de hacerlo.

Startup le miró con recelo. Los demás animales podrían llamar a la ardilla "viejo loco", pero este no se perdía ningún detalle.

-Entonces has oído hablar de los humanos-dijo el conejo.

Squire saltó de forma nerviosa al oír esa palabra-Creo que es así como los llamas-dijo.

-¿Estás intentando decirme algo relacionado con la cabaña?-preguntó Startup, empezando a comprender.

-Eso es.

-No me digas que has perdido algo otra vez-insistió Startup.

Squire tosió-¿Cómo supiste...? Quiero decir...tanto como perderlo...más que perdido se podría decir que es una inversión.

-Ah, estás majara-dijo Startup.

-Yo no soy eso-farfulló el otro indignado.

Startup se movió de forma impaciente-Quiero decir que...¿son tus nueces lo que has perdido?-preguntó.

-"Extraviado" sería una palabra más apropiada-corrigió Squire de forma presumida-Sé dónde están...es solo que no puedo llegar a ellas tan fácilmente como antes.

-Tampoco pueden ninguno de los demás animales a los que tú robaste-dijo Startup sin pensar.

-¿Robar?-repitió Squire enfadado-¡Cómo te atreves! He prestado un buen dinero a esos lunáticos. Son todos mis ahorros.

-Puedes decirlo otra vez-comentó Startup-Eso es lo que también pensaban todos los demás animales.

-No es culpa mía que no puedan pagar sus préstamos-dijo Squire de forma moralista-En eso consisten los buenos negocios...o eso debería decir...-dudó.

Startup le miró con frialdad-Bueno, si tú no puedes conseguir las nueces, ¿cómo piensas que yo puedo hacerlo?-espetó.

-Hijo mío-dijo la ardilla rodeándole cordialmente con el brazo-Veo que ya estamos hablando el mismo idioma.

Cinco minutos después, tras revolverse por la hierba alta, la ardilla se arrastró con cuidado hasta el porche delantero de la cabaña y avanzó poco a poco, tan solo para descubrir, para su humillación, que Startup estaba de pie detrás de él y era visible.

-Agáchate, niño tonto-respiró de forma furiosa mientras tiraba de Startup.

-¿Qué haces ahí abajo, Squire?-preguntó Startup con alegría-Está bien, los dos humanos están arriba, puedo oírles.

-Eso es-susurró la ardilla de forma nerviosa-De todos modos, no puedes ser tan prudente, siempre lo digo. Ven aquí y no me hagas gritar.

-Entonces, ¿no están en el porche?-Startup continuó hablando despreocupado mientras miraba hacia arriba por un hueco-Ahí es donde normalmente guardas las nueces.

-¿Quién te ha dicho eso?-gritó el otro-Nunca se lo conté a nadie, jamás. Nadie podía saberlo.

-Ah, eso-rio Startup con desdén-Solíamos verte arrastrarte hasta aquí con tus nueces. Ese era nuestro entrenamiento estándar de rastreo-estuvo a punto de añadir que todos los principiantes del mismo método habían empezado de este modo, pero vio que el rostro de Squire se estaba poniendo bastante ruborizado.

-Ah-fue todo lo que Squire, incómodo, pudo decir.

-Sí, bueno, ¿no irás a por ellas?-Startup le ofreció su ayuda-Hay una repisa arriba, supongo que aún estarán allí. Adelante, yo vigilaré.

-Yo...eh...¡ay!-Squire se agarró la pierna de forma dramática y soltó un gemido que esperaba que fuese lo bastante convincente-Creo que mi vieja herida de guerra está volviendo a aparecer.

-Pensé que eras demasiado mayor para haber estado en la última guerra contra los armiños-dijo Startup dándole un empujón amistoso.

Squire le fulminó con la mirada-¡Qué joven tan descarado!-en ese instante, recordó su difícil situación y se rio débilmente-Tú...enano juguetón...descarado...siempre saltando por ahí...¿Qué me dices de saltar hasta allí por mí y conseguir algunas nueces para esta pobre ardilla, eh?

Startup trepó servicialmente-Lo haría si pudiese-gritó al fin-pero alguien ha cerrado todo esto con clavos. Lo siento, se acabó.

-¿Qué?-gritó Squire, cuyos oídos no daban crédito a aquello-No pueden quedarse con ellas. Debes estar buscando en el lugar equivocado. ¿Para qué querrán mis nueces?

-Quizá-dijo Startup amablemente, intentando recordar otra palabra difícil que escuchó de su madre en una ocasión-son vegetarianos, ya sabes, comen nueces.

-Eso son tonterías-Squire no vio nada de gracioso en aquel comentario-Es muy probable que seamos parte de su comida si a ellos les da la gana, lo que me recuerda-miró a su alrededor con miedo-que no creo que este sea el mejor lugar para hablar más sobre este asunto-y tras estas palabras se dio la vuelta hacia la hierba alta, dejando a Startup solo.

Startup se quedó en el porche durante un rato, en parte para demostrar que no tenía miedo y también porque se distrajo con el patrón de baile de las sombras en la puerta principal originado por el sol naciente. Este se quedó tan interesado en aquello que intentó atrapar la sombra veloz con su pata sin conseguirlo, y todavía estaba allí sentado disfrutando de su juego cuando apareció un rostro en la ventana del piso de arriba y miró hacia abajo con sorpresa.

-¿Puedes creerlo? ¡Es ese diablillo otra vez!-dijo George airado, olvidándose de que sostenía el sofá y dejándolo caer sobre el dedo de su pie-¡Ay!

-Lo dejaste caer otra vez, George-dijo su esposa suspirando-¿Quieres bloquear todo el rellano?

-No-dijo George brevemente. Se estaba cansando de mover los muebles de un lado a otro, y volver a ver al conejo resucitó todos sus sentimientos de molestia al encontrar el cesto de picnic vacío-Esta vez le pillaré-murmuró alcanzando su escopeta abollada. Se la regaló como una broma un amigo que no pudo deshacerse de esta, y aunque aún no había conseguido dispararla enfadado, se sentía como un cazador tan solo con sostenerla.

Su esposa se quedó blanca al verlo-No irás a usar eso, ¿verdad, cariño?-dijo.

El hecho de que ella dudase de sus habilidades le hizo incluso más decidido.

-¿Por qué no? Te enseñaré al pequeño sinvergüenza-y tras estas palabras, colocó el cañón tambaleante de la escopeta en el alféizar de la ventana.

Su esposa corrió hacia donde estaba él-Espera, no puedes disparar aquí-dijo.

-¿Quién dice que no puedo?-alardeó George.

-Todavía no has abierto la ventana-su esposa soltó una risita. Entonces vio al conejo, que aún se divertía levantando una pata para proyectar una sombra sobre la puerta-Oh, George, ¿no irás a hacerle daño a ese pobre conejito?

George se revolvió por la acusación-Ese pobre conejito, como tú lo llamas, se zampó toda nuestra comida del picnic anoche-dijo.

-Pero mírale, cariño. Es tan dulce. Está bailando un poco.

-Hará algo más que bailar cuando le pille-prometió su marido.

-George, te prohíbo terminantemente que le hagas daño. Es solo un bebé.

Con un suspiro, George bajó el arma de mala gana-Supongo que tienes razón-admitió-¿Qué está haciendo ahora?

Startup se estaba cansando de jugar a las sombras y se levantó para ver más de cerca el techo del porche entablado.

-Está intentando meterse en ese agujero que tapé-informó George, perplejo-¿Por qué rayos hace eso?

-Quizá haya dejado algo allí. No olvides que esos animales estuvieron solos en este lugar durante mucho tiempo-murmuró su esposa, presionando su nariz contra la ventana para ver mejor aquello-Oh, George, ve a mirar. Voy a poner a hervir la tetera.

-Está bien-aceptó su marido, aliviado en secreto ante la posibilidad de escaparse de desembalar las cosas de la mudanza-Si insistes...

Cuando llegó al piso de abajo, Startup estaba activamente tirando de la esquina de una tabla suelta y soltó un grito de satisfacción cuando esta se cayó. Después se escuchó un parloteo furioso y la silueta agitada de Squire Nabbit salió corriendo de su escondite para recoger sus nueces. Con un empujón de avaricia, apartó al joven conejo y se lanzó hacia el hueco.

Quedándose en el piso de arriba para seguir con la limpieza, la esposa de George se encontró con el arma y arrugó el rostro-Qué cosas tan horribles y peligrosas-dijo, y apoyó la escopeta en la esquina de la ventana salediza, fuera de su vista. Como si estuviese de acuerdo con ella, el arma se deslizó hacia un lateral y se disparó, abriendo un agujero en el suelo.

La fuerza de la explosión mandó los perdigones hacia abajo a través del techo del porche, y una cascada de nueces cayó al instante sobre Squire, apartándole de ahí sin esfuerzo como el corcho de una botella.

-¡Aaah!-gritó, desapareciendo bajo un creciente montón de nueces que cada vez era más y más grande. La fuerza del golpe lanzó a Startup por los aires y se encontró aterrizando sobre algo inesperadamente suave. Este no pudo evitar retroceder con un ataque de risitas.

-¿Entonces encontraste las nueces, Squire?- preguntó.

Se produjo un extraño sonido retumbante debajo de él, seguido por una carcajada como las cataratas del Niágara que le hizo dar una voltereta de sorpresa. Después de recuperarse, supo, con una conmoción repentina, que estaba sentado sobre los hombros del hombre montaña.

George le miró y sonrió a su pesar. El conejo desparramado tenía una mezcla cómica de gracia y descaro. Al ver la cabeza de la ardilla que emergía del mar de nueces se levantó y liberó al animal que se retorcía, dejándolo suavemente en el suelo. Sin detenerse a mirar si su chaleco estaba recto, la ardilla salió disparada hacia el árbol más cercano y desapareció en las profundidades del follaje.

Incluso Startup pensó que era hora de seguir adelante y saltó hacia el rincón, dejando a

George rascándose la cabeza por el problema que tenía encima.

Al ver que George estaba ocupado, Startup se apresuró a buscar a la ardilla-Está bien, Squire-gritó para tranquilizarle-Soy yo, Startup-dijo.

Una cabeza peluda se asomó furtivamente entre las hojas-¿Estás seguro?-tembló-Me siento muy mal.

-No hay nada de qué preocuparse-Startup le calmó con una sonrisa-Siempre que nos movamos rápido podremos hacer algo.

La cabeza peluda se asomó un poco más-¿Hacer algo con qué?-gritó-¡Oh, mis nueces, mis hermosas nueces!

-Déjamelo a mí-dijo Startup-Si nos damos prisa podremos recuperarlas todas.

La ardilla casi se desmayó ante la noticia-¿Cómo? Vale, haré lo que sea-comentó.

Animándole, Startup habló con dulzura-No tengas miedo, tenemos unos cinco minutos antes de que él regrese con una carretilla-explicó.

-¿Cinco minutos?-dijo débilmente la ardilla-¿Eso es todo?

-Ahora no tenemos más tiempo-dijo Startup alegremente-Tú solamente sujeta el saco y patearé las nueces con mis patas traseras, claro-reflexionó, mirando de reojo para ver si la ardilla le creía. Pero el animal peludo se estaba ahogando en el patetismo-Aunque podría ser un poco complicado patear las nueces y lidiar con el gato a la vez-añadió.

-¿El gato?-chilló Squire-No dijiste nada sobre un gato.

-¿Ah, no?-dijo Startup con inocencia-Oh, sí, hay un gran gato pelirrojo, bastante feroz por lo que me contaron. No le gustan mucho las ardillas, pero eso no te preocupa, ¿verdad?

La cabeza desapareció con un gemido.

-La única solución es...-dijo el joven Startup lentamente al ver que la cabeza de la ardilla retrocedía con un leve rayo de esperanza-No, eso no sería nada bueno.

-¿Qué? ¿Qué?-jadeó Squire frenéticamente-Haré lo que sea.

-No, saldría demasiado caro.

-¿Cuánto?-gritó la ardilla como si fuese un nadador que se ahoga por segunda vez.

Startup miró al cielo pensativamente-Bueno, si averiguas cuántas nueces puede llevar alguien y si reuno a unos amigos es posible que podamos recuperar algunas nueces. Pero necesitaría juntar a muchísimos amigos y esos necesitarían mucha persuasión-dijo. El conejo inclinó la cabeza hacia un lado-¿Eso es una carretilla?

-Dime cuál es el precio, pero haz algo-suplicó la ardilla temblorosa. En aquel momento no se parecía a ningún estadista anciano o banquero internacional que se pueda imaginar.

El joven conejo suspiró de forma teatral-Tengo la sensación de que solo existe una cosa que querría cualquiera de mis amigos por hacer esto-dijo.

-¿Qué?-preguntó Squire.

Startup se inclinó y se lo dijo.

-¡Eeeeeooow!-gritó el otro y casi se desmayó. Cuando abrió los ojos, Startup aún estaba allí esperando su respuesta y la ardilla asintió con tristeza.

-Haré lo que pueda-prometió Startup-No más-se alejó suspirando y moviendo la cabeza ante el problema aparentemente enorme, mirando hacia atrás una o dos veces para saber si la ardilla le estaba observando y volvió a mover la cabeza.

En cuanto le perdió de vista se derrumbó sobre el suelo, rodando una y otra vez con gritos de alegría. Con un brinco, saltó sobre el tronco de un árbol cercano y poniéndose dos dedos en la boca, dejó escapar un silbido penetrante que resonó por todo el jardín.

Mientras tanto, después de contar a su esposa lo que acababa de ver, George recibió algunas miradas muy extrañas, y no fue hasta que convenció a esta para mirar por la ventana un rato después que ella comenzó a creerle.

-Mira George, ¿qué hacen todos esos animales que vienen por ahí?-gritó emocionada-Mira, hay más conejos, toda clase de pájaros y un búho viejo y gracioso.

-No tienes por qué golpear mi pierna-respondió él con rigidez.

-No, lo digo en serio. Míralo tú mismo. Rápido.

En contra de su voluntad, George se dejó arrastrar hasta la ventana y miró brevemente hacia fuera. Cerró los ojos y volvió a mirar-¡Cuántos bichos hay aquí!-parpadeó. Nunca había visto tantos animales en su vida.

¿De dónde venían y qué estaban haciendo?

Volvió a mirar hacia el porche y recibió otra sorpresa. Cada uno de los animales parecía agacharse sobre el montón de nueces y recoger tantas como pudiese cargar, antes de marcharse al jardín otra vez. George movió la cabeza con incredulidad.

-Se están ayudando entre ellos para llevarse las nueces. ¿Qué rayos querrán hacer con ellas?-dijo.

Su esposa se relajó y se puso cómoda con un cojín-Esto es divertido, mucho mejor que ver la tele. ¿Cuántos animales crees que hay?-preguntó.

George se encogió de hombros con impotencia-No tengo ni idea. Lo único que sé es que me han resuelto el problema de deshacerme de miles de nueces. Que tengan buena suerte-dijo.

Entre toda la confusión solo alguien parecía saber lo que estaba ocurriendo y ese era Startup. Se quedó de pie junto al árbol en el que se escondía Squire Nabbit, realizando un conteo mientras cada animal dejaba caer su tributo por el agujero del tronco.

-Hay otras cien de camino-gritó por el agujero-Cuidado con la cabeza.

Un alarido sonó como respuesta.

-Me debes otra caja de lechugas, Squire-chilló-Seguid así, muchachos, estáis haciendo un gran trabajo. ¿Estás contando ahí abajo, Squire? Llevamos cuatrocientas cincuenta y siete, más otras sesenta. Y aquí hay dos sacos más, y otros cuatro de camino. No pares, sigue así.

Más tarde aquello le parecieron horas a la

ardilla agotada que esperaba abajo, cuando escuchó al conejo gritar de alegría.

-Bueno, ahora ya tienes la mayor parte del cargamento, Squire. Mientras esperamos también podrías empezar a firmar estos documentos como parte del trato. Aquí los tienes. Este es para Hedgie el erizo; él acaba de venir con dos docenas de nueces con púas. Es aquel, págale. Vete, Hedgie. Siguiente, Clara Goose. La vieja tonta Goose, veo que has gastado todo tu dinero otra vez. Quizá esto te ayude. Vete-revisó su cuenta y citó rápidamente una lista interminable de deudas acumuladas por los animales de todo Hookwood, ahora pagadas en su totalidad.

Startup le guiñó un ojo al búho-¿Qué harías sin nosotros, Squire?-dijo-Firma aquí, aquí y aquí. Bueno, ahora no podrás quejarte de que nadie vuelve a visitarte-saludó al resto de animales que esperaban en la cola y sonrió-Seguid avanzando, chicos. Todo este negocio es demasiado para mí en un solo día. Creo que iré a descansar. Adiós de momento.

Poniendo la oreja en el tronco del árbol, Startup escuchó una voz somnolienta que gritaba-Cuatro mil setecientos veintiuno, cuatro mil setecientos veintidós...-Squire bostezó-cuatro mil setecientos y...

-Cuando quieras ayuda con un pequeño trabajo insignificante, Squire, avísame. Dios mío-añadió imitando a Squire-qué vida tan ajetreada es la del banquero...¿o debería decir...? No importa.

Con una sonrisa de alegría, Startup le dio un enorme mordisco a una jugosa zanahoria; el primer pago de uno de los negocios más locos que jamás había acordado.

3

LA DESPREOCUPADA CLARA

El joven Startup se convirtió en todo un héroe cuando las noticias sobre sus hazañas volaron por Hookwood. Aquello podría habérsele subido a la cabeza si no hubiera sido por la forma totalmente natural en la que fue recibido cuando regresó a su madriguera.

Dora, su madre, estaba ocupada corriendo las cortinas, y su padre estaba fabricando ventanas y puertas nuevas para su nueva casa, refunfuñando mientras lo hacía.

-Maldita sea si llego a entender por qué tenemos que mudarnos-murmuró para sí mismo cuando el joven Startup entró a mirar.

-Ahora bien-se preocupó Dora, cruzándose con ellos mientras Ben sacaba su pipa para fumar tranquilamente-No hay tiempo para holgazanear. No nos quedaremos aquí una noche más, ni siquiera hay una puerta de entrada.

-¿Pero qué tiene de malo este lugar?-preguntó Startup desconcertado-Si nos mudamos a la otra orilla estaremos aislados de todos nuestros amigos.

-Eso es exactamente lo que yo he dicho-sonrió su padre-No tiene sentido.

Su esposa le miró majestuosamente-Sé qué clase de amigos tienes, Benjamin, y no me importan-dijo.

Este arrastró los pies.

-Además-dijo ella moviendo la cabeza con determinación-Estaremos mucho más seguros lejos de ese gato pelirrojo; y también tendremos un vecino con más clase. Ahora bien-levantó la pata para sofocar cualquier otra protesta-no tenemos todo el día. Startup, tú puedes echar una mano a tu padre mientras yo sigo con algunas otras tareas. Sostén su martillo o algo así.

Ella le arrebató la pipa a su marido de la boca-Y puedes darme eso para empezar, es una cosa vieja y maloliente-antes de que él pudiese abrir la boca para protestar, ella se estaba yendo con el objeto que le desagradaba, sujetándolo con el brazo extendido.

La falta de su querida pipa volvió a Ben muy irritable y el joven Startup no ayudaba en las tareas ya que dejó caer el martillo en los dedos del pie de su padre. Aquel se puso de un tono morado por el golpe y le dijo a su hijo que se ocupase de los clavos. A Startup le parecían incómodos para sostener, y terminaban escapándose de sus manos y rebotando por todo el lugar. Después su padre empeoró las cosas al sentarse sobre ellos por error y casi golpea el techo.

-Vete a ayudar a tu madre, muchacho-gritó-A ver si ella te aguanta. Pero no te lleves los clavos-añadió apresuradamente-Dámelos. ¡Ay! No me apuntes con ellos-se quejó.

Startup se fue a ver qué estaba haciendo su madre. Este estaba perdiendo rápidamente el interés en la idea de ayudar a la gente. Nadie parecía apreciar nada de lo que hacía. Después de mirar por la madriguera, su madre no parecía estar por ninguna parte, así que decidió probar a hacer algo por sí mismo.

Primero intentó pasar algunos juncos trenzados por la parte superior de las cortinas, listos para ser colocados. Pero estos se deshicieron directamente cuando los tocó. En poco tiempo, Startup terminó en un lío tremendo con trocitos de juncos que sobresalían por todas partes.

Cuando su madre vio lo que había hecho suspiró irritada-Por el amor de Dios, vete y déjame seguir con esto, o estaremos aquí hasta Navidad-dijo. Al ver una chispa de esperanza en el rostro de su hijo, habló bruscamente-Tampoco nos quedaremos aquí tanto tiempo. ¿Por qué no te vas y ayudas a otro?

-¿Pero qué puedo hacer?-preguntó Startup sintiéndose totalmente cansado.

-Te diré lo que puedes hacer-dijo su madre golpeada por una idea súbita-puedes ir y vigilar a esa tonta de Clara Goose. Ahora ya no tiene que pagarle a Squire Nabbit el dinero que le debía, así que tendrá a todos los pícaros del pueblo detrás de sus ahorros. Ella es muy ingenua, no hay forma de saber lo que podrían hacerle, sobre todo esas asquerosas ratas pardas, no me extrañaría que intentasen algo.

Incluso los más valientes del clan de los conejos tenían cuidado de mantenerse a una distancia considerable de las ratas pardas, y normalmente la sola mención de su líder, el rey Freddie, y su astuto amigo, el capitán Mayfair, era suficiente para hacer que corriesen a esconderse.

Pero Startup era demasiado joven para preocuparse por esas cosas y aceptó con alegría la sugerencia de su madre. Subió por la orilla arenosa hasta el jardín dando saltitos. Era bueno estar fuera de casa en un día tan bonito, así que decidió tomar el camino más largo hasta el nido de Clara que estaba en el fondo del jardín.

La senda le llevó por el exterior del cerco que separaba el jardín del terreno del granjero Smith. Aquel era un sendero acogedor y desgastado que usaban muchos animales en Hookwood. Startup pasó corriendo hasta el final del jardín y rodeó el borde del terreno de las dos hectáreas, que estaba allí desde el principio de los tiempos. Este era muy útil en caso de emergencia, para retirarse rápidamente cuando un guardabosques apareciese sin previo aviso como sucedía algunas veces. Y si uno tenía mucha energía, el sendero le llevaba a través del cementerio y a las vistas de la calle principal en la antigua puerta lytch de la iglesia.

Pero Startup no tenía planes de llegar tan lejos en un día tan caluroso y soleado. De hecho, seguía encontrándose con muchos amigos en el camino, y todos ellos deseaban felicitarle por engañar a Squire Nabbit, así que el conejo disfrutaba y no tenía prisa por ir a buscar a Clara Goose. Se apoyó en el viejo roble de la esquina y cerró los ojos feliz. No fue hasta que escuchó unos extraños murmullos en la distancia que se molestó en enderezarse y ver quién era.

Se tapó los ojos para protegerse del sol y miró por el terreno, y allí estaba Leonard la liebre, abriéndose paso hacia él de forma fantasiosa, como era normal en este. A veces saltaba en el aire sin razón aparente, antes de detenerse repentinamente y dirigirse a un público imaginario. Cerca de ahí, incluso Tug, el petirrojo, olvidó que estaba buscando comida y saltó sobre una rama para mirar, mientras su víctima, Spike el gusano, arqueaba la espalda para tener una mejor vista de aquello.

-Oh, solo es Lenny el bobo-dijo Tug parpadeando impaciente con los ojos brillantes-No tengo tiempo para escuchar a ese chiflado. Ahora, ¿qué estaba haciendo?-inclinó la cabeza a un lado, después saltó hacia abajo y Spike tuvo tiempo de escabullirse antes de que el petirrojo se abalanzase.

Startup llegó con un tirón repentino. No tenía ningún deseo de verse atrapado en un debate loco con Leonard, y comenzó a caminar hacia el cerco, con la esperanza de que pareciese que no le había visto. Casi había llegado hasta allí cuando vislumbró una silueta alterada por el rabillo del ojo que se abría paso por el cerco y cayó a los pies de Leonard. Se trataba de Clara Goose.

Inmediatamente esta se puso a balbucear de forma confusa, chillando y señalando con indignación y temblando-¡Ese hombre es horrible! Ha arruinado mi nido, mi hermoso jardín, todo. ¿Qué voy a hacer?-preguntó.

Olvidándose de sí mismo, Startup se acercó más, intrigado. Pero cuando sus oídos estaban lo bastante cerca, Clara se había quedado extrañamente muda, hipnotizada por los ojos salvajes de Leonard. Sin embargo, tras un momento, esta se repuso y volvió a expresar sus miserias.

-Él ha tirado todo al estanque; todas mis cosas y preciadas posesiones. Pero veo que lo entiendes, querido Leonard. ¿Me ayudarás? Soy una pobre oca y estoy sola.

-Mi querida señora, no temas-fue la noble respuesta de la liebre-Mientras yo esté aquí nadie te hará daño. Confía en mí-hinchó su pecho para demostrar que tenía un estado físico adecuado para dicha labor.

Este iba a seguir hablando cuando su flujo

de elocuencia fue detenido rápidamente por Startup, que decidió deshacerse del gorrón señalando algo con su pata temblorosa.

-¿Qué es eso?-preguntó Leonard bruscamente.

-¿Puede ser...puede ser el guarda de coto del granjero Smith?-fingió Startup tragando saliva.

-¿Dónde?-Leonard la liebre tuvo escalofríos y se movió de forma nerviosa. Sin detenerse, se alejó unos metros y volvió a hablar-No puedo detenerme...es que me he acordado...de que tengo un compromiso que no puede esperar, querida señora. Volveré, no temas.

Las lágrimas comenzaron a brotar de los ojos de Clara-Pensé que habías dicho que me ayudarías-dijo.

-Exacto-dijo Startup simplemente. Decidió que cuanto antes se fuera Lenny el bobo sería mejor. La liebre era la clase de animal que iría detrás de su dinero en poco tiempo. Daba tanta pena que las ancianas siempre le daban dinero, y Startup no veía el motivo por el que Clara debería hacer lo mismo. No se podía confiar en la liebre si eras una oca tonta que estaba preocupada.

No tenía por qué haberse inquietado. La liebre, creyendo que escuchaba el disparo de un arma, saltó unos metros más en el aire y su voz se hizo más débil mientras se alejaba apresuradamente.

-No te preocupes, querida señora. No me olvidaré. Confía en mí.

-Oh, vaya con la liebre-resopló Clara, ahogada por la autocompasión. Miró con recelo a Startup-Pensé que habías dicho que venía el guarda de coto.

-Ah, ¿eso dije?-respondió con inocencia el joven conejo-Me preguntaba una cosa...¿has visto al señor zorro últimamente?

Clara se tapó con el chal, inquieta-Qué tonterías dices. Estoy aquí llena de problemas y lo único que haces es reírte de mí-su voz tembló e intentó agitar sus pestañas en un parpadeo hacia él. Creyendo que esta podría tener algo en el ojo, Startup sacó un pañuelo bastante sucio y se lo ofreció. Clara retrocedió, molesta, pero la idea de su difícil situación hizo que empezase a graznar otra vez, y agitó tanto las alas que casi pierde el equilibrio.

-Vete, joven conejo, si eso es todo lo que tienes para ofrecer. No eres de ninguna ayuda-resopló-Los conejos tienen costumbres asquerosas, siempre lo digo-añadió.

Startup se rindió. Sus capacidades tenían

un límite. Se quedó un rato por el jardín sin hacer nada especial, mordisqueando unas zanahorias, y finalmente llegó al nido de Clara, o lo que quedaba de este. En algún momento este debió tener un aspecto encantador, construido como estaba en mitad de un estanque y rodeado de altos árboles ondulados. Pero con los años y sin que nadie lo cuidase, el estanque había quedado descuidado y enmarañado.

Mientras miraba a su alrededor bastante perplejo, le parecía que toda la zona había sido golpeada por un torbellino. Se dio cuenta de que alguien debió intentar limpiar aquello, y al hacerlo, había barrido todas las cosas de Clara a un lado. Todo lo que quedaba de su nido eran algunos palos rotos y el resto de sus cosas estaban esparcidas sobre la hierba. Se tardaría siglos en arreglar esa situación. Startup silbó. Pero al ser un conejo amable y joven, empezó a recoger trozos con forma extraña de aquí y de allá, más como un gesto de ayuda que como otra cosa. Era una labor desesperada y estuvo a punto de darse por vencido cuando un terrón cayó tras su oreja.

Pum. Antes de que pudiese reaccionar, se produjo un zumbido frenético y se dio cuenta de que su cabeza estaba siendo golpeada. Levantó la vista sorprendido y vio que Clara le chillaba.

-Así que eras tú, el pequeño conejo horrible. Debí haberlo sabido-dijo.

-Vale, tranquila-Startup hizo todo lo posible por calmarla, pero Clara se negaba a escuchar.

-Todo este tiempo pensé que los destrozos fueron causados por el hombre bestia de la cabaña, y en realidad fuiste tú. ¡Espera a que te pille!

Startup echó un vistazo a sus alas extendidas mientras ella avanzaba hacia él y lo pensó mejor. Aquella no era la Clara atolondrada que él creía conocer, era una oca nueva y completamente cambiada que defendía lo que quedaba de su hogar de la única forma que sabía. Salto tras salto, el conejo logró que los árboles se interpusiesen, y después corrió lo más rápido que pudo, con el ruido de Clara atravesando la maleza detrás de él, empeñada en vengarse.

Por suerte, al ser ágil, Startup pronto dejó atrás a la torpe oca, que estaba más a gusto en el agua. Finalmente, al sentirse a salvo de la persecución, se detuvo para recuperar el aliento y mordisqueó algunas cabezas de lechuga mientras pensaba qué hacer después.

Se dio cuenta de que cuidar de Clara no era

tan fácil como se había imaginado. Acostumbrado a tomar decisiones rápidas, comenzaba a considerar que algunos animales, en concreto ciertas ocas innombrables, no veían las cosas de la misma forma que él. Creyó esperanzado que al día siguiente ella se sentiría de otra manera, y con esa idea optimista en su mente se marchó a casa.

En la cabaña, George tenía un pensamiento tranquilo parecido. Este siempre intentaba tener una visión simple de la vida y no quería sobrecargar su cerebro más de la cuenta. Así que cuanto le contó a su esposa con cierta satisfacción que había arreglado ese asqueroso desastre abajo, en el estanque, se quedó sorprendido y un poco herido por su respuesta.

-Oh, no, George-gritó horrorizada-Ese nido de la pobre oca, no, ¿qué hará ahora? No tiene a dónde ir. ¿Cómo has podido?

Y ella siguió hablando del tema tanto que George se quedó bastante confuso y tuvo que tomar una bebida fuerte para recuperarse. Por desgracia no tenía mucho donde elegir, y mientras se sentaba allí tomándose su chocolate, su cabeza se mareó bastante lidiando con el problema.

Por suerte no tuvo que preocuparse por

aquello durante mucho tiempo porque la solución llegó rápidamente de parte de Joan-Tendrás que volver a dejarlo todo como estaba-dijo ella borrando el problema de su mente. Tenía que tomar decisiones más importantes que requerían su atención, como la elección de la cena que tomarían esa noche.

-Está bien entonces-suspiró aliviado, y sin el peso que le habían quitado de la cabeza tomó un ultimo trago de su chocolate, olvidándose de lo que era, y casi se ahogó.

A la mañana siguiente se fue hasta el jardín tan pronto como amaneció y se dispuso a dejarlo todo como recordaba haberlo encontrado. Tuvo tanto éxito con la tarea que cuando Clara regresó para recoger sus andrajosas pertenencias esta se volvió a sentir casi como en casa.

Después de husmear un poco, sintió que quizá había sido algo dura con el joven Startup, ya que este pareció haber hecho un buen trabajo, así que decidió hacer las paces con él. Esta se puso en camino de inmediato para buscarle, y finalmente, se encontró con un rastro de hojas de zanahoria. Al seguirlo, le halló atiborrándose para tomar algo de valentía y prepararse para afrontar otro día más de buenas acciones.

-Ah, estás ahí, conejo. Quería hablar sobre el malentendido de ayer-dijo.

Al escuchar su voz, este se sobresaltó y casi se traga una zanahoria de mala manera-¿Malentendido?-dijo al fin.

-He decidido olvidar todo lo de ayer-declaró orgullosa-Los conejos son conejos, supongo, aunque tienen costumbres extrañas. Ahora borremos este asunto de nuestra mente-esta extendió las alas y limpio sus plumas-Estoy aquí de cháchara y prometí encontrarme con Leonard para dar un paseo por el río.

-Pero ahí es donde viven las ratas pardas-dijo Startup con ansiedad-No vayas allí.

-Oh, no me preocuparé-sacudió la cabeza-Leonard cuidará de mí, no le teme a nada, ¿sabes?

-Pero no debes ir. No es seguro.

-Voy, voy-agitó las pestañas mientras se alejaba caminando-O pensaré que estás celoso de él.

-Caramba-tartamudeó Startup viéndola irse-¿Qué voy a hacer ahora?

Sin querer que ella se hiciera una idea equivocada, este se puso en marcha lentamente, echándole el ojo por encima de la hierba. De vez en cuando, Clara se detenía y miraba hacia atrás para ver si la seguían, y Startup tenía que agacharse detrás del arbusto más cercano. Desafortunadamente, algunos de estos arbustos estaban llenos de horribles cardos y ortigas y pronto se hartó de ellos.

-Mujeres-murmuraba para sí mismo, y era únicamente la idea de la promesa que le había hecho a su madre lo que le mantuvo en marcha.

Clara decidió pronto que había cosas más edificantes en las que pensar que en conejos estúpidos que hubiesen destrozado su hogar, y comenzó a soñar con su valiente liebre. Después de eso dejó de mirar a su alrededor y Startup comenzó a tener más y más confianza, y en poco tiempo se volvió tan imprudente que ni siquiera miró hacia dónde se dirigía.

Aquello fue un gran error. La siguiente vez que llegó a una zanja, este saltó sin pensar y aterrizó sobre algo afilado. Desafortunadamente eso resultaron ser los dientes de un rastrillo que uno de los labradores había dejado atrás. Antes de poder reaccionar, el mango del rastrillo se levantó y golpeó al conejo, y este se tambaleó en círculos antes de desplomarse y ver las estrellas.

Pareció que habían pasado horas cuando por fin pudo levantarse y recomponerse. Primero creyó ver una hilera de búhos que le miraban a través de la niebla. Levantó una pata para estabilizarse, y las cabezas se movieron arriba y abajo y se dividieron en media docena de filas, todas ellas girando y dando vueltas. Tras un momento, estas se fusionaron en una sola fila, luego las ocho cabezas se convirtieron en cuatro, después en dos y por fin pudo reconocer el rostro familiar de Grumps, el viejo búho, que saltaba impaciente sobre sus patas.

-Estuviste otra vez tomando vino de ortiga, ¿eh?-dijo.

Startup le agarró-¿Dónde está ella?-preguntó.

-¿Dónde está quién?-dijo Grumps, girando la cabeza hacia un lado y mirándole extrañado con su único ojo bueno.

-Clara, por supuesto-se quejó Startup.

-¿Te refieres a Clara la oca?-le regañó Grumps con sorpresa-Eres demasiado joven para todas esas tonterías. De todas formas es más fea que pegar a un padre, hasta yo me doy cuenta de eso.

Startup comenzó a contar lo que pasaba, y mientras lo hacía la mirada de incredulidad se desvaneció de los ojos de Grumps.

-¿Junto al río, dices? ¿Qué está haciendo allí?

El sol brillaba ahora en lo alto del cielo y Startup se preocupaba por el tiempo en el que estuvo inconsciente mientras relataba su historia.

-Ojalá estuviesen aquí mis sobrinos inútiles-se quejó Grumps mientras escuchaba el relato-Dios sabe lo que harán esas malditas ratas pardas ahí abajo. Deberían mostrar sus cartas-miró hacia el río-El problema es que me estoy haciendo viejo para esta clase de tonterías. Ya no sirvo para una pelea.

Startup abrió los ojos sorprendido. Nunca antes había escuchado al búho hablar así-No he pedido ayuda-dijo a modo de disculpa, lo que solo empeoró las cosas.

-Así que no soy lo bastante bueno para ti, ¿eh? Vale, me voy. Pelea contra las ratas tú mismo y mira hasta dónde llegas. No me importa-el viejo búho se quedó ahí temblando.

-No quise decir nada de eso, de verdad, Grumps-suplicó Startup-Solamente debo conseguir ayuda. Si pudieras decírselo a los demás...-añadió esperanzado.

-Estoy contigo, joven-gruñó Grumps-Les reuniré, a ver si puedo.

Este vio a Startup alejándose y decidió volar en busca de ayuda. Por la forma torpe en que cojeaba era evidente que no estaba en buena forma física. Tras algunos saltos, logró levantarse del suelo con esfuerzo y batió las alas, lanzándose en cortas ráfagas. Después de moverse en zigzag por el terreno, finalmente descansó junto a los pies de Oswald el pato, que deambulaba sin rumbo fijo.

-Startup necesita ayuda...las ratas pardas están en la orilla del río...-logró decir antes de desplomarse agotado.

Oswald le miró con aire ausente y se rascó.

El pato tenía una vida complicada para entender lo que sucedía. A veces pensaba que todo esto era demasiado para él. Se inclinó y picoteó a Grumps.

-Cuac-pronunció pensativamente, y se alejó con el ceño fruncido.

Mientras tanto, Startup se imaginaba todo tipo de cosas que podrían estar pasándole a Clara mientras este corría hacia la orilla del río. Por su mente pasaron visiones con ella siendo atada y acosada y se quedó tan preocupado que rebotó.

Para cuando gateó los ultimos veinte metros hasta llegar al cuartel general de las ratas sin ser visto, se esperaba lo peor. Al asomarse con cuidado en el búnker más cercano, se sorprendió al ver que Clara y Leonard estaban charlando con una de las ratas pardas como si se tratase de una conversación normal. Parpadeó. Se dio cuenta de que no era una rata cualquiera. Salvo que sus ojos le engañasen, la rata vestía un chaleco de color beige y llevaba un monóculo.

Clara seguía charlando-Para colmo, después de derribar mi casa, ese conejo descarado intentó evitar que viniese a verte-dijo.

-No-gritaron Leonard y la rata parda a la vez, fingiendo indignación.

La oca tonta agitó las pestañas-Por supuesto, le dije que tenía a mi valiente liebre para que cuidase de mí-comentó.

Leonard parecía modesto y la rata parda le dio una palmada en la espalda.

-Bravo, querido amigo-tenía una voz extraña y aflautada y parecía muy superior a cualquier otra rata que Startup hubiese visto nunca.

Necesito un casco-pensó el conejo seriamente.

-Hay algunos delincuentes bastante horribles-suspiró la rata parda de forma piadosa-

Hoy en día no se puede confiar en nadie, ¿verdad, Leonard?

La liebre se dio cuenta-El capitán Mayfair tiene toda la razón, querida señora-movió la cabeza con tristeza-Siempre hay quien va detrás de algo que no le pertenece.

Se escuchó una risita desagradable de fondo y la rata parda tosió para tapar dicho ruido.

-Para ser totalmente sincero-dijo Leonard apresuradamente-teníamos algunas sospechas sobre ese joven conejo llamado Startup, ¿no, capitán?

-Totalmente, mi querido amigo-asintió el capitán de forma suave-Y creemos que deberías tener más cuidado con tus ahorros en lo que respecta a ese codicioso joven conejo.

Startup escuchaba aquello indignándose más y más.

-¿En serio?-preguntó Clara algo confusa.

Tomando confianza la liebre siguió hablando-El capitán Mayfair estaba diciendo, justo antes de que llegases tú, cuánto podríamos ayudarte, querida señora-dijo.

Pero Leonard-chilló Clara-contigo protegiéndome nadie podría robar mis ahorros.

-Bueno, yo no estaré siempre aquí para cuidarte-dijo la liebre de forma conmovedora.

Los ojos de Clara se abrieron asustados y comenzaron a llenarse de lágrimas-No me vas a abandonar, ¿verdad, Leonard?-preguntó.

-Por supuesto que no-interrumpió el capitán rápidamente-Pero de vez en cuando él es requerido para asuntos importantes, ¿a eso te referías, no, Leonard?

-Eh, sí-dijo la liebre agradecida-Ahora estábamos pensando algo, Clara, si puedo llamarte así.

-Oh, claro que sí, Leonard-dijo Clara tímidamente.

La liebre tragó saliva y se lanzó-Verás, nuestra idea es que tú podrías darle tu dinero a...eh...-buscó una frase adecuada, y la mirada de adoración de Clara comenzó a esfumarse.

-...a nosotros para invertir-siseó el capitán por la comisura de su boca.

Escuchando mal sus palabras, la liebre se asustó-...para que el capitán pueda guardarlo en su chaleco-dijo.

El capitán Mayfair cerró los ojos rezando y apartó a Leonard con expresión de dolor-Señora, deje que le cuente mi opinión-comentó.

-Tu...¿qué?-repitio Clara, intrigada a pesar de todo.

-En pocas palabras, tranquilidad-gritó el capitán dramáticamente-Dígame, señora, ¿no le gustaría tener su propio terreno, todo suyo, que nadie pueda volver a destrozar?

-Oh, sí, claro que me gustaría-asintió Clara con emoción.

-Vale-el capitán hizo una pausa larga-Puedo prometerle eso ahora mismo. Es suyo.

-Ah, bien-aceptó Clara de forma natural-¿Cuándo puedo mudarme?

La liebre se quejó en silencio, pero el capitán siguió hablando como si no le hubiese escuchado. Estaba tan emocionado que su voz perdió el brillo aflautado y sonó un poco extraña-Se lo conseguiremos, no tema. Pero antes necesitamos su ayuda...para luchar por nuestros derechos y así poder expulsar a los malvados imperialistas y reaccionarios-dijo.

-¿De qué está hablando?-susurró Clara.

-De los terratenientes-murmuró Leonard bastante avergonzado.

El capitán Mayfair dejó de hablar al darse cuenta de que el interés de ella iba a menos-Lo que estoy intentando decir, querida señora, es que lo cuidaremos por usted y conseguirá muchas ganancias por ello.

A Clara le brillaron los ojos-¿Cuánto?-preguntó.

-Tanto como usted desee-aseguró el capitán suavemente-Usted será rica y famosa y tendrá muchas tierras. Ahora, ¿podemos estar seguros de que nos apoyará?

Leonard la vio dudar y susurró-Se refiere a, ¿cuándo podremos tener nuestro dinero, querida Clara? Miro al futuro y veo que estaremos más unidos que nunca en este gran plan...solos tú y yo-dijo.

A Clara el corazón le dio un gran vuelco. Aquellas palabras le sonaron como música celestial. La visión de sus ojos color marrón suave mirándola suplicantes provocó que su mente se desvaneciese.

-Ahora no mires-dijo ella tímidamente, y se dio la vuelta para quitarse el bolso que llevaba colgado al cuello.

Startup observaba alarmado cómo el capitán y la liebre se acercaban un poco más, esperando saltar.

Sin pensárselo, Startup gritó-¡Cuidado, Clara!

Se produjo un jaleo al instante. La liebre le

agarró de la mano con culpabilidad y el capitán gritó furioso-¡Guardias, apresadle!

Startup miró a su alrededor rápidamente. Sus palabras parecían haber agitado un nido de avispas. En cuestión de segundos, se asustó al ver una horda de ratas gruñonas que salían del suelo. Solo podía hacer una cosa. Sacudió su pierna por encima del borde del búnker y de un salto se lanzó a por el dinero antes de que ellos le pusieran las manos encima. Vio a Clara allí, de pie, insegura, con la boca abierta. En medio de la confusión, el capitán Mayfair estaba cortando sigilosamente la correa que sujetaba el bolso y estuvo a punto de robarlo cuando Startup acudió al rescate.

Startup agarró a Clara y tiró de ella. Para su sorpresa, esta se resistió y le arrojó su chal gritando.

-¡Detened al ladrón!

Casi sin poder ver nada por tener el chal sobre su cabeza, Startup siguió adelante. Podría haberse escapado si no fuese porque la liebre le puso hábilmente la zancadilla para que tropezase. Cuando Startup logró levantarse, una banda de ratas pardas le atacó y le retuvo.

-¿Así que tú eres el conejo del que hablábamos?-dijo el capitán lentamente-El joven Startup, ¿no? Bueno, déjame decirte algo, conejo. Ya no harás nada. ¿Lo entiendes?

Startup se acobardó ante esas palabras pero trató de disimular-No te saldrás con la tuya-dijo con valentía.

El capitán no se molestó en responder. Estaba revisando el contenido del bolso. Satisfecho, se lo arrojó a la liebre, quien evitó mirar a Clara mientras se lo metía en su bolsillo. Girándose por fin hacia su prisionero, el capitán sonrió con desdén.

-Esto es solo el principio. Muy pronto lograremos más cosas para nuestra causa y después lo verás, ¿eh, liebre?

Leonard asintió incómodo.

-Mientras tanto-reflexionó el capitán-tenemos que planear un accidente apropiado para ti-hizo una reverencia ante Clara-y para tu encantadora compañera.

Startup intentó llegar a un acuerdo mientras Clara estaba ahí con aspecto triste-Mira, deja que se vaya y nadie lo sabrá jamás-dijo.

La respuesta del capitán fue sincera y directa-Ya no necesitamos su ayuda, querida señora. Es una pena, justo ahora empezábamos a disfrutar de su compañía-asintió a modo de despedida a Leonard, que se escabulló agradecido por la salida.

-Leonard, no me dejes-gritó Clara lastimera. Pero Leonard ya había desaparecido de su vista.

El capitán echó un ultimo vistazo-Yo también tengo que irme. Adiós, querida señora-dijo.

Abandonada, Clara estalló de repente-Todo esto ha sido culpa tuya, conejo. Si no hubieses intentado robarme el bolso nada de esto habría pasado-se quejó.

Startup la miró quedándose sin palabras-¿Yo tengo la culpa?-tartamudeó, pero ella no le dejó hablar.

-Típico de los conejos. No tienen consideración-gimió con amargura-Mira lo que le hiciste a Leonard, se quedó tan avergonzado que tuvo que irse.

Startup se esforzó por hablar, pero fueron rodeados y sacados de allí por una banda de ratas chillonas. En la orilla del río, una rata parda delgada les ató las manos hábilmente y enrolló el otro extremo de la cuerda en una roca grande. Al escuchar un zumbido repentino sobre su cabeza, Startup levantó la vista esperanzado.

La rata sonrió-Necesitarás algo más que

unas alas donde vas-dijo y asintió con la cabeza a los demás, que esperaban ansiosos.

Startup fue empujado un poco más cerca de la orilla del río, y parecía solo cuestión de minutos que todo se acabase para él. En ese momento, una sombra negra pareció oscurecer el cielo y las ratas retrocedieron presas del pánico.

Del cielo se abalanzaron cientos de siluetas brillantes de un lado a otro, y después en dirección hacia las ratas, asustándolas entre gritos agudos y maldiciones.

Poco después, Startup notó que uno de ellos atacaba la cuerda que le sujetaba, para luego caer y descubrir que había sido liberado. Lleno de alegría, intentó darle las gracias a su salvador, que resultó ser uno de los sobrinos de Grumps.

El joven búho miró a su alrededor y resopló-No te quedes aquí. Dile a mi tío que llegamos a tiempo o nunca me volverá a dirigir la palabra-dijo-Me voy.

-¿Por qué? ¿Qué pasa?-preguntó Startup, confuso.

Pero el búho se levantó y se alejó rápido-Porque solo somos tres, por eso-ululó-Los demás ya se han ido.

Startup dio varias volteretas, riéndose de la

forma en que las ratas pardas habían sido engañadas. Eufórico por su milagrosa huida, miró a su alrededor buscando a Clara, pero descubrió que esta ya se pavoneaba por el camino con la cabeza alta.

El conejo sonrió y la siguió. Al alcanzarla, sacó un objeto familiar y lo sostuvo para que la oca lo viese.

-¡Mi bolso!-graznó-¿Dónde lo encontraste?

Startup miró al suelo con modestia-Leonard estaba tan ansioso por escapar que no se dio cuenta de que se lo saqué del bolsillo-dijo.

Clara se enfadó y agarró el bolso-Él solamente lo estaba cuidando por mí-resopló.

Startup se rascó la cabeza con incredulidad y vio alejarse a la oca contoneándose con aires de superioridad. Antes de doblar por la esquina, retrocedió para lanzar un último comentario.

-Siempre dije que los conejos tienen costumbres asquerosas-y tras estas palabras se marchó.

4

PRIMER MOVIMIENTO

Startup no perdió tiempo en buscar a Grumps para darle las gracias por su ayuda. Encontró al viejo búho en la cama, pálido y cansado. Este estaba siendo atendido por su hermana, Letty.

-He oído que los vagos de mis sobrinos lo lograron-gruñó, tirando débilmente de las sábanas que su hermana estaba colocando con paciencia para que este se viese más pulcro. El conejo se dio cuenta, con ansiedad, de que este búho solo era una sombra de lo que fue anteriormente. Startup le dio las gracias torpemente a Grumps antes de contarle sus aventuras.

Pronto el viejo Grumps se olvidó por completo de su salud mientras intentaba descifrar el extraño comportamiento de Leonard la liebre y las malvadas ratas pardas.

A la liebre la dejó por vaga y tonta, pero a la rata le dio más importancia.

-Esa rata parda, el capitán Mayfair, como se le conoce, parece un verdadero peligro, de eso no hay duda-el viejo Grumps vaciló-No suelo contar chismorreos antes de tener la oportunidad de saber si son ciertos, pero escuché que fue enviado para causar problemas y lo que dices sobre él solo me lo confirma.

-¿Qué clase de problemas?-preguntó Startup con curiosidad mientras observaba al pájaro sumido en un pensamiento triste.

-Ya escuchaste lo que dijo-espetó el viejo búho con una chispa de su antigua pasión-Está buscando idiotas que le entreguen el dinero que tanto les costó ganar para que él pueda planear una revolución y conseguir que las hordas de ratas pardas se apoderen de nuestro terreno-se movió y gritó-¡Prefiero morir primero!

Pasando a la acción, se dejó caer sobre las almohadas y cerró los ojos tan convencido que Startup pensó que realmente lo estaba.

Al acercarse, Startup se agachó para escuchar la respiración del búho y, mientras lo hacía, el viejo Grumps abrió un ojo de repente y le miró intensamente.

-Todavía no estoy muerto, joven conejo-entonces su voz se suavizó mientras miraba el rostro preocupado que estaba frente a él-Crees que soy un viejo quisquilloso, ¿no?

Mientras Startup negó enérgicamente con la cabeza, el búho habló de forma pesimista-Recuerda mis palabras, esa rata parda quiere vigilar. Cuando esté mejor iré a por mi telescopio y vigilaré a las alimañas que están junto al río desde mi mirador en la copa del árbol.

En ese instante su hermana emitió ruidos de protesta por detrás y el búho sonrió de forma inesperada y habló-Ese será parte de mi plan de descanso para estar mejor, Letty. El mejor mirador que hay en kilómetros es mi roble, te lo prometo-asintió con la cabeza a Startup-Esa será mi tarea durante las próximas semanas. Es todo lo que puedo hacer en mi estado. Ahora esto depende de ti, joven conejo. Sal y háblales a todos nuestros amigos animales sobre el peligro existente. Tenemos que unirnos y luchar si queremos mantener nuestro territorio a salvo-advirtió y se sumió en un ataque de tos.

Mientras Startup todavía pensaba en cómo

llevar a cabo la tarea por su cuenta, Letty le echó rápidamente de la habitación y se apresuró a regresar para ver a su hermano.

De forma obediente, Startup buscó a todos sus vecinos y les habló de su encuentro con Clara Goose y de recuperar los ahorros de esta de las garras de Leonard y el capitán Mayfair. Al principio estos pensaron que el conejo les estaba tomando el pelo, pues conocían su afición por las bromas pesadas. Y mientras se escuchaba a sí mismo contando la misma historia una y otra vez y observaba sus rostros, el joven conejo no pudo evitar admitir que aquello parecía un gran relato.

Sin embargo, tras un rato, los animales se cansaron de escuchar la misma vieja historia y comenzaron a aguantarle menos tiempo, algunos incluso le cerraron la puerta en la cara. Aquello le recordó a la época en la que pedía votos para el consejo del conejo.

Desesperado, llamó a Clara y le pidió que le apoyase con su relato, pero esta le dio una recepción muy fría. El motivo quedó muy claro a la mañana siguiente, cuando Clara desfiló por Tanfield High Street mostrando tímidamente un anillo brillante y arrastrando a la modesta figura de Leonard la liebre detrás de ella.

Startup la siguió con la mirada, casi sin poder creer lo que veía, porque la oca tonta anunciaba alegremente su compromiso con cualquiera que mostrara el más mínimo interés, y con muchos otros que no lo hacían, también. Además, la liebre de vez en cuando metía la mano en una bolsa grande y repartía fajos de dinero. Startup parpadeó con estupor. ¿De dónde podría haber salido todo aquello?

En un instante la noticia se difundió por Hookwood, y los animales salieron corriendo para decirle a Startup lo que pensaban sobre su última tomadura de pelo. Algunos fueron bondadosos con él, pero otros estaban bastante indignados, y uno o dos le tiraron cosas por haber tratado de molestar a la pobre chica.

-Deberías estar avergonzado, joven conejo- bramó Squire Nabbit de forma arrogante, señalándole con el dedo.

Startup se sintió bastante confuso. Aquellos eran los mismos vecinos que habían hecho todo lo posible para felicitarle por recuperar su dinero de ese prestamista estafador, y que ahora le sermoneara ese mismo caradura fue la gota que colmó el vaso.

Desanimado, decidió irse a casa, y por una vez en su vida tomó todos los caminos interiores para no encontrarse con nadie. Deteniéndose cuando llegó al roble, dudó por un momento y después, con el corazón apesadumbrado, llamó a la puerta y entró para contarle lo sucedido al viejo Grumps. Para su sorpresa, el búho se tomó la noticia con bastante tranquilidad.

-Astuto, muy astuto-comentó de forma que Startup solo pudo identificar después como una frase de admiración-¿No lo ves? Están preocupados-dijo emocionado-Demonios bribones. Esa bolsa de dinero fue una genialidad. Ahora nunca te creerán.

-Eso es lo que estuve tratando de contarte-se quejó Startup.

-Bueno, joven conejo-dijo Grumps pensativo-Este no es el desafío que esperabas, ¿eh?

Startup asintió enérgicamente-Dilo otra vez. ¿Qué voy a hacer?-se lamentó.

El búho se esforzó por ponerse en pie-Vaya, esta es una ocasión para descubrir quiénes son tus amigos realmente-dijo de forma triunfal-¿Sabes qué? Hagamos un consejo de guerra. Vete y reúnelos. Date prisa, ya empiezo a sentirme mejor.

-Ojalá pueda-dijo Startup con tristeza.

Este salió, contando a sus amigos uno por

uno, y cuanto más pensaba en el tema, más corta era la lista.

-Bueno, esto no debería llevarme mucho tiempo-concluyó con amargura-Mi reputación ya está manchada.

Después de dar vueltas se encontró con su amigo Puggles el cerdo, que husmeaba en el espeso barro negro de su pocilga.

-Hola, joven conejo-dijo Puggles reconociendo su saludo-Dime, ¿por qué se supone que el barro es bueno para la piel? Me paso la mitad de la vida en estas cosas miserables y no parece que me sirvan de nada.

-Sí, sí-dijo Startup apresuradamente, sabiendo lo mucho que a Puggles le encantaba hablar de su apariencia-Esto es importante, Puggles, se trata de Clara.

-Eh...ella es otra a quien le vendría bien un tratamiento. Nunca se casará con esa cara-reflexionó su amigo.

-Ah-dijo Startup, agradecido por la pista-En eso te equivocas-y le contó todo a su amigo, incluidos los últimos acontecimientos.

Puggles meditó profundamente durante un momento y después habló de forma cordial-Tonterías, muchacho, estás un poco espeso ahora mismo, ¿no?-resopló una o dos veces para concentrarse y después habló con alegría-Ya sé, ¿por qué no le pedimos al viejo Hedgie que se reúna con nosotros? Ese viejo de Grumps tiene algo, ¿sabes? ¿Y qué hay de Prudence? Es una mujer, ¿no?

Startup no estaba seguro de cómo podría ayudarle todo aquello, pero tenía que aceptar que su prima, Prudence, tenía algunas buenas ideas de vez en cuando, y Hedgie, bueno, era solo Hedgie. Cualquier idea era buena en ese momento.

Prudence llegó diez minutos antes que Hedgie-¿Qué pasa?-preguntó sin perder el tiempo.

Puggles asintió con aprobación. Ese fue un buen comienzo. Todavía quedaba más-se dijo a sí mismo.

Startup volvió a meterse en la historia mientras Prudence escuchaba con mucha paciencia-Creo que deberíamos hablar con el viejo Grumps-dijo ella finalmente-Es un búho viejo y sabio, y necesitamos a alguien como él para que nos ayude contra esas horribles ratas pardas. Agh-tembló-No me gusta como suena. Esta vez van en serio, estoy segura.

-Qué idea tan importante-dijo Puggles-Todo lo que necesitamos ahora es a Hedgie. Supongo que tendremos que contárselo todo otra vez cuando decida aparecer.

Detrás de una hoja de col surgió una voz que murmuraba adormilada-He escuchado todo lo que dijisteis-comentó.

-Vamos, Hedgie-gritó Startup, alegre-Te hemos estado esperando.

Y entonces apareció un manojo de púas.

-No hay necesidad de apresurarse-el erizo se desenrolló lentamente-Mañana todo seguirá igual.

-¿Qué clase de conversación es esta?-gritó Startup-Le prometí a Grumps que haríamos una reunión y solucionaríamos algo. ¿Qué le voy a decir?

Prudence habló con firmeza-Tiene razón, ya sabes, Startup. Parece que Grumps necesitará una buena noche de descanso para ponerse mejor. ¿Por qué no nos vamos a dormir y nos reunimos en el roble después del desayuno?-dijo.

-Buena idea, joven Prudence-comentó Puggles-Yo también necesito una buena noche de sueño, a ello voy. Todo este trote causa estragos en mi aspecto.

-Está bien-aceptó Startup de mala gana-Supongo que eso tiene sentido. No lo olvidéis entonces, mañana nos vemos en el roble a las nueve en punto-y con un rápido movimiento de cola saltó, bastante aliviado, hacia su madriguera.

-He tirado todo este tiempo a la basura-se quejó Hedgie-Ahora tendré que deshacer todo el camino por ese arbusto, otra vez. Tardaré horas.

-Adiós chicos-sonrió Prudence.

Con un bufido, Hedgie emprendió su épico viaje una vez más, y Puggles regresó a su pocilga y contempló con seriedad un charco para ver si el barro había mejorado su aspecto de alguna forma.

El día siguiente resultó ser muy bonito. Hacía un calor extraño, y el zumbido constante de las abejas moviéndose por la madriguera hizo que Startup se sintiese muy amodorrado. Pero la idea de tratar de explicarle todo a su madre después de que esta le hubiese pedido que cuidase de Clara le hizo salir de la cama y de la madriguera lo más rápido posible. Afuera brillaba el sol, los pájaros cantaban y Startup se sintió inspirado por la verdadera emoción de ser parte de todo aquello. Hasta que se topó con algunos de sus vecinos.

Al tratarse de un conejito amistoso, Startup dio su habitual grito de alegría-Hola, ¿qué tal todo?-dijo.

-Buenos días-estos inclinaron la cabeza con frialdad.

Todo aquello fue una repetición de lo de anoche. Para cuando llegó al roble, su ánimo se había reducido a cero y estaba empezando a enfadarse cada vez más por la injusticia de la situación.

-¡Y otra cosa!-estalló ante sus amigos, algo sorprendidos, que le estaban esperando-No sé por qué tengo yo la culpa.

-Bueno, ahora no dejes que esto te desanime-Prudence trató de tranquilizarle-Nosotros te apoyamos, ¿verdad, muchachos?

-Claro que sí-gritó Puggles, y Hedgie se unió a ellos adormilado. Pero Startup no estaba escuchando. Este miraba fijamente, por detrás de ellos, a tres siluetas que se acercaban.

Abriendo camino se encontraba Clara la oca, con aspecto terriblemente presumido, mientras se inclinaba a la izquierda y a la derecha de manera majestuosa y se aferraba a

Leonard para asegurarse de que este no se arrepintiera y escapase.

Sin embargo, Startup se olvidó por completo de Clara y sus problemas en ese momento, o a esa conclusión llegó Leonard. Fue el hecho de ver a la coneja encantadora e inocente que estaba junto a ellos lo que le llamó la atención. Y los ojos enormes que esta tenía.

Clara ignoró a propósito a Startup y gritó a los demás con picardía-Hola, ¿habéis oído las noticias? Leonard y yo nos casamos-esta podría haber evitado gastar saliva en pronunciar esas palabras. Al darse cuenta de la total falta de interés de la gente, se giró para ver por qué había tanto jaleo, y de mala gana, presentó a su acompañante con un gesto informal.

-Oh, no conocéis a mi amiga Lola, ¿verdad? Ella está quedándose con esas encantadoras ratas pardas en la orilla del río-dijo.

-Yo hablo, tú avanza tranquilo, Hedgie-advirtió Puggles cuando su amigo se despertó de repente y comenzó a gruñir emocionado y a moverse poco a poco.

-Hola a todos-anunció una voz suave, y Startup se dio cuenta sorprendido de que se dirigía a él. Impactado por el acercamiento imprevisto, se vio abrumado por sus modales confiados.

-¡Hola! Me llamo Startup. Yo, eh...-se quedó mirando fijamente, encantado.

-Lo sé todo sobre ti-susurró ella y le miró de manera seductora.

-¿En serio?-dijo él de algún modo, sintiéndose de repente como si fuese un caballero con armadura brillante, ansioso por ayudarla sin importar el motivo.

-Sí-murmuró-Ese simpatico capitán Mayfair me lo contó todo sobre ti. Le caes bien.

-¿De verdad?-dijo Startup bastante confuso.

-Startup-interrumpió Prudence con inquietud-es una rata parda. Sabes que no puedes confiar en él-estuvo a punto de decirle también, "¿por qué confías en esta coneja si no la conoces?", pero guardó silencio. Por la expresión de su cara pudo apreciar que aquel no era el momento apropiado para comentar sus sospechas.

Lola se acercó y comenzó a confiar en él-Tengo un mensaje para ti-le susurró al oído-Vayamos a un sitio donde podamos hablar.

Al ver que este estuvo a punto de seguirla sin dudarlo, Puggles gritó con voz bastante enfadada-Recuerda que también somos tus amigos-dijo.

-Exacto-repitió Hedgie-Estamos aquí para ayudarte, Prudence también.

-Vamos-instó Lola con voz suave y atractiva-Tengo algo que contarte.

-¿En serio?-Startup se vio a sí mismo yendo detrás de ella sin pensar, sintiendo un súbito impulso protector que se apoderaba de él-¿Cómo puedo ayudarte?

-Ten cuidado, conejo-advirtió Puggles con cautela.

-Tenemos mucho de qué hablar-respondió Startup protestando mientras estaba siendo llevado.

Su amigos observaron en silencio.

-Sabes-la oyeron decirle-esas pobres ratas pardas son tan incomprendidas...si las conocieses tanto como yo...

-Bueno-suspiró Prudence por fin, después de que ellos se hubiesen marchado-¿qué pensáis de eso?

-Oh, Puggles-cantó Hedgie imitando la voz de Lola-esas pobres ratas pardas son tan incomprendidas...-gruñó-¡Bah! Me pone enfermo. No sé qué es lo que trama ella, pero él está completamente atontado. No me verías atrapado por una mujer así.

Prudence sonrió, aliviando la tensión-Tendría mucho trabajo con todas tus púas, Hedgie-dijo.

-No, no todos podemos ser guapos-reconoció Puggles mientras se admiraba en un charco.

Hedgie resopló-Reconozco a la gente falsa cuando la veo. Te lo digo, ella parece llevarse bien con esas ratas pardas. Seguro que la incitaron a hacer esto-dijo.

-Bueno, a mí ella no me engaña-sentenció Puggles con altivez, echando a perder su efecto al rascarse la oreja.

-No, pero le va bastante bien con el pobre Startup-suspiró Prudence.

-Creo que...Lola-dijo Prudence, enfatizando el nombre con cierto desdén-tiene otros planes para Startup. Le estaba llevando a la otra punta de Hookwood.

-¿Por qué quieren ir tan lejos?-gritó Hedgie, que todavía jadeaba tras el esfuerzo de subir todas esas escaleras.

Ansiosos por saber qué había sucedido, los animales buscaron a Grumps, medio esperando que este les confirmase sus peores temores.

El búho se encorvó en su cama como si fuese un general calculando el próximo movimiento de su enemigo-Dejadme ver-trazó un recorrido en los cuadrados del edredón que tenía delante-Eso le llevaría por el camino que conduce al pueblo o por el campo-miró a Prudence con atención.

Esta levantó las cejas preocupada y terminó la frase-A la orilla del río...donde viven las ratas pardas-dijo.

Se miraron el uno al otro sin entender nada.

-Yo digo, viejo, que tienes toda la razón. Tenemos que ir detrás de ellos-balbuceó Puggles, poniéndose de pie.

-Yo iré-Hedgie se ofreció voluntario.

-No tenemos toda la noche-dijo Puggles sin pensar.

-No, Hedgie-dijo Prudence amablemente-Acabas de llegar.

Pero Hedgie estaba herido y se retiró a la esquina, enfurruñado. Prudence suspiró y se giró hacia su amigo, en modo optimista-¿Puggles?-dijo.

-Bueno, querida-aceptó Puggles de buena gana-pero nunca llegaré a tiempo debido a mi peso. En realidad necesitas a alguien un poco más rápido.

Sintiéndose hundida, Prudence sorprendió a Grumps mirándola expectante-No, yo no podría espiar a Startup-se quejó-Es mi amigo.

-Si no vas tras ellos-advirtió el viejo y sabio búho-puede que lleguemos demasiado tarde.

La joven coneja tragó saliva y se giró hacia la puerta sin decir una palabra más.

-Mientras tanto, vosotros dos-dijo Grumps quitándose las sábanas con un esfuerzo-podríais ayudarme a levantar mi telescopio. Debemos averiguar qué está pasando.

Prudence se apresuró a cruzar el jardín tan rápido como sus piernas le permitieron. Cuando llegó al cerco que bordeaba el terreno de Hookwood, miró con ansiedad a un lado y otro del camino en busca de una señal de su amigo, sin éxito.

Aquel era un prado grande, y a mitad de camino se hundía en un pliegue antes de continuar bajando hasta el río. Al pensar en que podría estar yendo, tal vez, hacia una trampa tendida por el malvado capitán Mayfair y su feroz banda de ratas pardas, se le heló la sangre.

-Debo tratar de salvarle-jadeó. Sin cuidado

alguno, corrió directamente a través del campo, tomando la ruta más corta que sabía que la llevaría hasta el cuartel general de las ratas.

Mientras ella se preocupaba, el objeto de su inquietud caminaba alegremente a través de la hierba alta sobre la cima de la colina, cantando alegremente para sí mismo. Estaba tan ocupado absorbiendo las miradas de admiración de la joven Lola que ni por una sola vez se detuvo a pensar dónde estaba o hacia dónde iba.

-Qué bonito día, prima Lola, y qué increíble casualidad que descubriste que somos parientes.

-Mmm...esto te hace sentir como que estamos hechos el uno para el otro de algún modo-dijo ella de forma soñadora.

-Nunca había vivido un día tan estupendo-murmuró Startup-El sol brilla, los pájaros cantan...al menos cantaban hace un minuto. Es raro, me pregunto por qué se quedaron tan callados.

-Supongo que pensaron que queríamos estar solos-susurró ella tímidamente, agitando rápido algo que desapareció de la vista.

-Es extraño-repitió Startup con inocencia-Todo parece haberse oscurecido de repente. Incluso la hierba se ve algo...marrón.

Lola le agarró la pata con fuerza-Supongo que el granjero ha estado quemando el rastrojo-comentó con alegría.

-Pero este está muy alto para hacer eso, y mira, se mueve-Startup movió la cabeza y miró hacia otro lado, pensando que veía cosas. Después se quedó helado al darse cuenta de repente de que una larga fila de ratas se acercaba sigilosamente a él, y estaban a no más de una docena de metros de distancia.

-¿Por qué no cierras los ojos?-Lola se inclinó para cubrirle el rostro con su pañuelo-Mis amigos están preparando una sorpresa encantadora-quizá ella pensase que Startup la creía, pero otros no opinaban igual.

Sin que ninguno de los dos lo supiese, sus acciones estaban siendo observadas desde la ventana del piso superior de la cabaña de roble, situada muy por encima de ellos.

-Ahí-gritó George con creciente interés cuando los vio-Ahí está ese maldito conejo. Esta vez le pillaré.

-Sí, querido-dijo su esposa en modo tranquilizante-Como tú digas.

Entonces esta se dio cuenta de que él estaba recogiendo su escopeta, que ahora que estaba arreglada parecía más peligrosa que nunca. La mujer gritó de forma nerviosa.

-¡En la casa no, George!

Atrapado por la emoción, George no prestó atención y giró el arma mientras la cargaba a la vez, de forma torpe.

-¡George!-chilló-¡Con la ventana cerrada no!-horrorizada, la mujer extendió la mano para detenerle, pero solo consiguió sacudir su brazo cuando este disparó.

Afortunadamente, el tiro falló totalmente y no alcanzó a Startup, pero el terrible ruido que hizo la escopeta y los gritos desgarradores que llenaron el aire cuando Joan vio la ventana desapareciendo frente a ella causaron un efecto devastador en el ejército de ratas que acechaban abajo. Ante los ojos perplejos de George, el terreno cobró vida con montones de formas marrones que giraban y se retorcían en sus frenéticos esfuerzos por escapar.

-¡Mira eso!-gritó alejándose-¡El prado está lleno de ratas! ¡Tallyho!

Aquel fue un espectáculo que consiguió que Puggles y Hedgie gritasen de alegría, e incluso Grumps estaba radiante mientras observaban la gloriosa escena desde lo alto del viejo roble.

En cuanto a Prudence, aquello le pareció

una intervención milagrosa. Esta se lanzó y agarró a Startup, que estaba allí parado con un aspecto ligeramente aturdido en su rostro.

-No, tú no-dijo ella feliz y pisó con fuerza el pie de Lola.

Gritando, la joven espía se soltó y salió corriendo tras las ratas que huían.

5

RÍO ABAJO

Fred el cartero conducía su bicicleta lentamente por el carril, deteniéndose de vez en cuando para secarse la frente con un pañuelo grande y colorido.

Estaba tan ocupado haciendo esto que casi pasó de largo los escalones de piedra que llevaban hasta la cabaña de roble antes de darse cuenta de dónde estaba. Con un suspiro de alivio, apoyó su viejo y fiel vehículo de dos ruedas contra el banco y se sentó durante unos minutos.

-Bueno, ahora-dijo mientras rebuscaba en su bolso de correos-¿qué tengo para la cabaña de roble hoy? No hay facturas, espero.

Justo en ese momento se escuchó un sonido

de balanceo, y bajo los escalones apareció, o más bien se desvió, Startup con aspecto soñador.

-Espera, pero si es ese conejito juguetón-saludó Fred.

Si Startup le vio, este no hizo ningún gesto y se sentó a poca distancia, mirando a lo lejos.

-Ya veo, así, ¿verdad?-Fred se sentó en el suelo-Sé cómo te sientes, amigo, y solo acabo de empezar-sacó un sobre de su bolso y lo acercó a la luz-Ahora, ¿qué tenemos por aquí? Oh, solo hay una factura para el joven caballero. No les gustará esto cuando acaban de mudarse aquí-rascándose la cabeza, miró a Startup-Eso me recuerda que, no sé si te has dado cuenta, mi joven amigo, pero hay un montón de ratas por el camino. Y están apretujadas cerca del río. Si yo fuese tú tendría cuidado-rindiéndose ante la falta de respuesta, se puso de pie con esfuerzo-Bueno, no digas que no te avisé. No puedo quedarme aquí chismorreando todo el día, debo seguir con lo mío.

Tras pasar por delante, se produjo un crujido en la hierba y apareció Prudence seguida por el viejo Ben, que fumaba su pipa activamente.

-Oh, ahí estás, Startup-gritó agradecida-Estábamos bastante preocupados por que desaparecieses así, después de tantos problemas con las ratas pardas.

Startup levantó la vista confuso-Problemas, ¿qué problemas? No tuve ninguno ayer cuando estuve en el prado con Lola-dijo.

Prudence negó con la cabeza de forma paciente-Eso fue hace tres días, tonto-comentó.

El viejo Ben dio una fuerte calada a su pipa y se ahogó-Mientras tú estabas dando vueltas por ahí las ratas estuvieron cometiendo todo tipo de fechorías. ¿No escuchaste lo que dijo el cartero? Se encuentran por todo el fondo del camino y no están haciendo nada bueno en el río por lo que cuentan-dijo.

Una mirada confiada se extendió por el rostro de Startup-Lola dice que las ratas pardas son nuestras amigas-afirmó.

Ben farfulló ante dicha idea-Esa solo te está engañando, muchacho, y si no lo ves eres tonto. Pero no me escuches-dijo.

Una voz exaltada gritó.

-¡Ben!

Ante el sonido inconfundible de su esposa Dora, Ben se escabulló-Nadie me escucha-murmuró.

Prudence miró a Startup con indignación amistosa-¿Qué te ha hecho Lola?-preguntó.

-Ojalá lo supiese-dijo el joven conejo con tristeza-Lo único que sé es que me siento muy raro.

-Como un dolor de barriga después de comer un montón de lechugas, supongo-se compadeció ella.

-Peor que eso-dijo Startup con sentimiento-Es como...-buscó la palabra adecuada para expresar sus extraños anhelos. Pero lo que pensaba exactamente seguía siendo un misterio, porque en ese momento, un Fred transformado reapareció en lo alto de los escalones sosteniendo algo en la mano y gritando triunfal a todo pulmón.

-¡Espera que se lo diga a Greta!

El hombre besó los papeles y los guardó con cuidado en su bolsillo de arriba. Después se marchó alegremente, lanzando las cartas por ahí con salvaje despreocupación-¡Soy rico, soy rico!-su voz llenaba el aire-¡Qué bien lo pasaremos esta noche!

Prudence se rio-Qué hombre tan divertido-dijo.

Algo le llamó la atención y esta inclinó la cabeza hacia un lado, escuchando los sonidos de risas y voces que se levantaban por encima de ellos.

-Me pregunto, ¿qué está pasando allí?-le dio un codazo a Startup-Vamos a descubrirlo-susurró.

Cuando Prudence subió los escalones Startup se encontró siguiéndola.

Míralo, esto se está convirtiendo en una costumbre-pensó para sí mismo. Después se dio cuenta de que se estaba comportando de forma muy tonta y trotó detrás de ella.

Te está mostrando en lo que te has metido-se regañó a sí mismo.

Con un salto final, llegaron a la puerta, donde observaron algo increíble.

George bailaba por el césped del brazo de su esposa, Joan, agitando una botella de champán en el aire y tratando de vez en cuando de verter un poco de este en el vaso que sostenía su mujer.

-¡Ups!-gritó él-¡Otro brindis, hagamos otro brindis!

-¿Qué pasa con nuestro bebé, cariño?-le recordó su esposa.

La mención del bebé llevó a George hacia otro baile alegre, haciendo girar a su esposa hasta que ella protestó, riéndose-Ya es suficiente-dijo.

Inmediatamente, George, todo preocupado, se apresuró a buscar una tumbona. Prudence y Startup observaron con la boca abierta cómo él la hizo sentarse y se arrodillaba junto a ella, sosteniendo su mano con ternura.

-Querida Joan-dijo ansioso-no puedo creerlo, nuestro propio bebé.

-¿No es maravilloso?-susurró ella-Nuestro bebé.

-¿Qué les pasa?-susurró Prudence con asombro-¿Está enferma?

-Van a tener un bebé-gruñó el viejo Ben, apareciendo brevemente entre la hierba alta.

-Pero, ¿por qué bailan así?-preguntó Prudence, desconcertada.

-Eso es lo que hacen los humanos cuando están enamorados-espetó Ben con amargura.

Ante estas palabras, Startup pareció salir de su mundo de sueños y saltó en el aire con un toque de encanto aturdido.

-Eso es lo que me pasa-gritó-No es mi barriga. ¡Debo estar enamorado!

-Oh, no-suspiró Prudence-Lola otra vez no.

-Tengo que encontrarla-dijo Startup, temblando-No me sigas.

-No pensaba hacerlo-gritó Prudence. Pero él

ya se había ido-Querido Startup, ¿qué vamos a hacer contigo?-Prudence movió la cabeza-Espero que Grumps tenga la respuesta.

Si alguien pensaba que tenía la respuesta correcta sin duda ese era George, aunque los problemas de Startup estaban lejos de su mente en aquel momento porque la noticia del bebé era la excusa perfecta para pasar una velada con los muchachos.

George tosió-Como sabes, querida, por mucho que odie estas fiestas en la oficina, me será absolutamente imposible escapar a la hora habitual una vez que se sepa la noticia. Ya sabes cómo es esto-dijo.

-Sí, George-asintió plácidamente su esposa.

-Absolutamente imposible-siguió George, esperando resistencia.

-Te he dicho que sí, George-repitió Joan sonriendo.

-Eh, ¿qué ha sido eso?-preguntó George sorprendido. Disimulando su confusión, buscó en su bolsillo para ver cuánto dinero en efectivo tenía para salir. Asombrado, se dio cuenta de que el bolsillo estaba vacío-Déjalo, juraría que...tenía al menos un billete de diez-volvió a buscar en los bolsillos.

-¿Dónde lo tenías la última vez?-preguntó Joan de forma realista.

-Bueno, creo que fue cuando le estaba hablando a Fred sobre el bebé-dijo George de forma distraída. Después se tapó la boca-Debo habérselo dado.

-Oh, George, ¿cómo pudiste cometer ese fallo?

-Qué torpe soy-sentenció George tras un momento-claramente soy un torpe. Cariño, ¿podrías...?

Su esposa negó con la cabeza de forma simpática y él se vio negando con la suya a modo de confirmación-Lo siento, cariño, verás...-comenzó a reírse-Le di mi dinero al lechero.

George sonrió a medias y se encogió de hombros filosóficamente-Ah, bueno, después de todo no llegaré a casa tan tarde-dijo. Pero ahí se equivocaba y Startup tendría una buena razón para agradecérselo.

No era que Startup quisiera salvarse de nada en aquella mañana. Ahora que había descubierto lo que le pasaba, se sentía como un marinero náufrago que se lanza a la deriva en busca de tierra firme. Solo que en su caso, era el amor lo que buscaba.

Solo pensar en ella le producía una sensación extraña y estimulante. En un minuto estaba en las nubes y al siguiente se hallaba hundido en un abismo de desesperación. Comenzó memorizando todo lo que ella le había dicho y después dedicó su tiempo a analizar el significado que había detrás de cada palabra. Primero recordó todo lo bueno: la forma en que ella le había mirado solo a él cuando se conocieron, cómo pareció interesarse solo en él y en nadie más, cómo le había elegido para hablar con él y le había llevado a un lugar donde pudiesen estar solos...

Sonrió feliz y cerró los ojos, dejando que los recuerdos volviesen a inundarle. Pronto se vio bailando junto a ella en su imaginación, deslizándose arriba y abajo, y de vez en cuando saltando en el aire con una patada de su talón. En otras palabras, actuaba igual que Leonard la liebre. En todo caso, de forma más loca que este.

Los pájaros se pusieron en fila sobre los árboles, animándole con entusiasmo, pensando que aquello era un gran espectáculo, y para la repetición, el conejo hizo piruetas por el camino sosteniendo una flor con los dientes.

Entonces se produjo un ruido y salió de su ensoñación de golpe. Si ella estaba tan interesada en él, ¿por qué no la había visto en los tres últimos días? ¿Podría ser que ella hubiese perdido el interés?

De repente la explicación vino a él. Ella le había encontrado aburrido y estúpido detrás de sus amigas las ratas pardas. ¿Qué dijo Puggles? "No te repitas, Startup. Pareces idiota". Ahora recordó que no había hecho nada más. Era demasiado horrible con las palabras. No le sorprendió que Prudence fuese a buscarle. Estaba tratando de impedir que hiciese el ridículo.

-¡Tonto!-gritó furioso. Aquello fue tan repentino que Charlie el pinzón, que intentaba recuperarse tras dar de comer a sus crías, casi se cae de su rama.

-¡Tonto tú!-gritó Charlie indignado.

-Oh, hola, Charlie-dijo Startup avergonzado-No me refería a ti, estaba hablando solo-para explicárselo se lanzó a contar la crónica de sus dolores, deteniéndose solo para culparse a sí mismo por su estupidez.

Intrigado, Charlie abrió un ojo y escuchó. Siempre supo que el joven conejo parecía despreocupado y totalmente desinteresado por las chicas, y esto sonaba serio.

Después de un rato, sin embargo, Startup estaba tan confuso que el pinzón se aburrió, se retiró a una rama más alta y cantó una canción lastimera sobre la inconstancia de las mujeres.

Cuando se dio cuenta de que había perdido a su público, Startup hizo una pausa y trató de entender lo que cantaba el pinzón. Pero aquello era una jerga de rimas y se rindió, golpeándose la cabeza con frustración.

Charlie le miró con calma-Chic-chic. El árbol solo te da un dolor de cabeza. Una novia te da un largo dolor de cabeza, créeme-dijo.

-Tú no conoces a Lola como yo-dijo Startup con tristeza.

El pinzón silbó-No la conoces en absoluto, camarada. Solo la has visto una vez, te dijo algunas cosas tontas y ¡bip!, tu imaginación hace el resto. Estás enganchado, amigo-comentó.

Startup parecía confundido-¿Qué debo hacer, Charlie?-preguntó.

-Vete a buscarla-fue su consejo instantáneo-y descubre cómo es realmente-el pinzón se acercó de un salto y le confió algo-Y no tengas tanta prisa o acabarás como yo-miró furtivamente a su alrededor-Nunca lo creerás, pero yo solo vine desde Walter Mitty para tomar un poco de aire fresco un fin de semana, y ahora ves lo que me ocurrió. Solo soy una niñera deteriorada-se quejó.

Con un salto cansado, recogió una miga de galleta y voló unos metros hasta llegar a un punto donde le esperaba una fila de picos hambrientos que graznaban.

Startup se sentó allí durante un rato para asimilar las palabras de su amigo, y después, con ánimo renovado, volvió a salir mirando en otra dirección. En esta ocasión se dirigió al terreno donde había visto a Lola por última vez. Después de vagar en círculos, divisó una silueta familiar perfilada contra los árboles, la cual vigilaba el camino.

Lanzó un grito de alegría y saltó hacia delante-¡Lola!-voceó-Soy yo, Startup-al protegerse los ojos del sol, creyó ver un destello de movimiento cercano, y durante un breve momento imaginó que había otra sombra junto a Lola. Se frotó los ojos, pero la sombra ya no estaba.

-¿Lola?-dijo un poco inseguro.

-Oh, Startup-Lola dio un paso adelante sorprendida-¿De dónde saliste?

-Te estaba buscando-miró detrás de ella-¿Interrumpí algo? Me pareció ver a alguien más...

Lola echó un vistazo a su rostro confiado-Qué dulce eres-dijo sin aliento-Aquí no hay nadie. Estaba pasando el rato pensando en un poema sobre cuando nos conocimos. Y después apareciste tú para que todo fuese perfecto, qué romántico-pensó rápidamente.

Cualquier sospecha que él pudiese tener se esfumó de pronto.

-¿Ah, sí?-dijo alegremente, sintiendo al mismo tiempo que ya había escuchado aquello anteriormente en algún lugar.

-Sí-dijo ella en voz alta para ahogar la risita que provenía de detrás del arbusto.

Algo se encendió en la mente de Startup, pero antes de que pudiese pensarlo dos veces, Lola le agarró de la pata y le condujo con determinación por el campo.

-Déjame ver-charló-¿Dónde vamos hoy? Ya sé, subamos a una barca en el río-dijo como si se le acabase de ocurrir la idea.

Startup consideró la propuesta y asintió mostrando su acuerdo. Quizá la paz y la tranquilidad del río fluyendo le darían la oportunidad de llegar a conocerla más.

-Suena genial.

Lola le dedicó una sonrisa lenta y reservada. Todo estaba yendo según lo planeado, tal como dijo el capitán Mayfair.

Para Startup el resto de la tarde fue de ensueño. Lola dijo todas las cosas agradables que él anhelaba escuchar en secreto, y no solo eso, sino que ella prácticamente dirigió la excursión. Todo lo que él tenía que hacer era actuar como acompañante en una obra que podría haber sido ensayada por otros, pues estaba muy bien organizada.

Lola abrió camino con paso activo, lanzándole miradas sonrientes por encima del hombro, con sus grandes ojos marrones centelleando. Aquello también evitó que él se diese cuenta de lo que pasaba a su alrededor, lo cual era bueno para ella. Parecía solo cuestión de minutos que llegasen a la orilla, aunque el sol ya se estaba poniendo en el horizonte.

-Oh, qué suerte, hay una barca-dijo Lola casualmente, como si las barcas tuviesen la costumbre de aparecer en la orilla del río. El sonido de sus voces hizo saltar uno de los juncos, y la cuerda que sujetaba la barca pareció deslizarse como si alguien la hubiese soltado.

-Creo que la barca se está moviendo-observó Startup con alegría.

-Oh, no, no es así-siseó Lola dulcemente, con su sonrisa deslizándose un poco. Esta inclinó la cabeza ligeramente y dos o tres juncos se torcieron hacia la cuerda mientras la embarcación pasaba y se detenía. Para asombro de

Startup, la barca retrocedió lentamente hacia la orilla.

-¿Te gustaría subir?-preguntó Lola distraídamente. Después respondió, como si estuviese leyendo las dos partes de un guión-Gracias, querido Startup, me encantaría-y entró en la barca con delicadeza.

Startup estaba muy sorprendido para pensar en ayudarla a subir, y se dio cuenta, para mayor estupor, de que la barca no se balanceaba ni un metro, incluso cuando siguió con cuidado su ejemplo.

-No, no te sientes en ese lado-dijo Lola apresuradamente mientras Startup se colocaba-Se está más cómodo aquí, a mi lado.

-Pero, ¿cómo voy a remar desde ahí?-protestó Startup bastante ansioso.

-Oh, esta no es una de esas barcas de remos anticuadas-dijo Lola alegremente-No los necesitamos-y deslizó hábilmente los remos por un lado, causando un aullido ahogado fuera de su vista.

Startup tragó saliva-¿Estás segura?-preguntó.

Lola dio palmaditas en el cojín que había junto a ella-Ahora ven conmigo, o pensaré que ya no te gusto-dijo.

Startup hizo lo que le pidió, aunque siguió lanzando miradas a la barca para tratar de saber cómo esta podía moverse sin ningún esfuerzo contra la corriente del río.

-Dime-pidió Lola, moviendo las cejas de forma atrayente-¿en qué estás pensando ahora que por fin estamos solos?

Todavía hipnotizado por el comportamiento extraordinario de la barca, Startup habló sin pensar-¿Cómo lo haces?-preguntó.

-Todo es fácil si pones el alma en ello-ronroneó su compañera-Dime, ¿alguna vez has pensado en lo sencillo que es caerse al agua?

Con la cabeza en otra parte, Startup habló con seriedad-¿Cómo manejas la barca sin remos?-preguntó.

En aquel momento, una rata feroz saltó por encima del lateral de la barca con una gran piedra.

-No te preocupes por el mecanismo de esto, cariño-dijo Lola rápidamente, tirando de Startup hacia ella-Solo deja que pase.

Recordando el consejo de Charlie, Startup sintió que estaba conociendo a Lola demasiado rápido. Se liberó de un tirón, suavemente al principio, y después con todas sus fuerzas. Cuando logró escapar, voló a tal velocidad que golpeó a la rata en la barriga, justo cuando esta le iba a lanzar la piedra. La rata se estiró y dejó caer la piedra directamente al suelo de la barca.

Sin decir una palabra Lola señaló el agujero y la rata saltó obediente y se colocó en este, de modo que solo se filtró un hilo de agua.

-¿Qué decías?-comentó Lola como si nada hubiera pasado.

Startup se movió de forma nerviosa hacia un lateral y trató de mirar por encima de la rata petrificada-Lola, nos conocemos solo desde hace muy poco tiempo, pero siento que yo te gusto un poquito, ¿verdad?-dijo.

-Oh, sí, claro-aseguró Lola, asintiendo otra vez con la cabeza.

Animado por sus palabras, Startup comenzó su discurso preparado apresuradamente, que versaba todo sobre cómo él era un conejito fuerte, y cómo podría protegerla a ella, pero solo consiguió decir "Lola", cuando fue interrumpido.

En ese momento sucedieron varias cosas a la vez. Una cuerda con un lazo cayó sobre la cabeza y los hombros de la rata en vez de sobre los de Startup, y casi la sacó del agujero, causando que entrase mucha más agua en la barca. Después, una lanza pasó silbando junto a la cabeza de Startup y dejó clavada a Lola en su asiento.

Cuando se enderezó vio a Lola rasgando despreocupadamente su capa para quitársela.

-Lola-intentó hablar Startup-¿Alguna vez pensaste que necesitas...?

-Sí, lo pensé-gruñó Lola, perdiendo los estribos por la forma en que iban las cosas-¡Matadle!

Ante su orden, una lluvia de piedras, lanzas y cuerdas pasaron silbando junto a sus cabezas. En medio de todo esto, un saco le cayó sobre la cabeza mientras este se tambaleaba hacia ella-¿Quieres salir conmigo?-murmuró el conejo.

Para entonces la oscuridad comenzaba a caer, lo que complicó un poco las cosas a George mientras este subía en zigzag por el sendero intentando ver el camino hacia casa. Por suerte, un amigo de la oficina le había dejado al final de la carretera, ya que él no estaba en condiciones de conducir tras la gran ronda de bebidas que se vio obligado a tomar.

-Eso es una extraña olla con pescado-dijo George mientras miraba con aires de búho al otro lado del río. Agitó la cabeza con incredulidad-No puede ser, es totalmente imposible.

Porque allí, frente a él, una barca de remos

navegaba río arriba por sí sola, mientras un conejo voceaba a todo pulmón, ordenando a alguien que arrojase el saco al agua. Y el saco daba saltos sin que hubiese nadie cerca.

Preso del pánico ciego, cayó de bruces-¡Te prometo que no volveré a beber! ¡Vete, déjame en paz!-gritó George.

Después gimió y volvió a levantar la cabeza, esperando que la espantosa visión desapareciese. Sin embargo, el sonido de su voz tuvo un efecto mucho más dramático. La barca enseguida cambió su rumbo y fue directamente hacia la orilla, causando que Startup simplemente se apartase arrastándose del lateral en el momento del impacto. De inmediato, la barca se alzó fuera del agua y docenas de ratas corrieron por el sendero, llevándola sobre sus cabezas, con Lola corriendo detrás de ellas gritando como una loca.

George se estremeció y miró a través de sus dedos. En ese momento, un rostro manchado de barro apareció por un agujero en el saco y habló.

-Lola, puedo cuidar de ti-dijo.

Un rato después, cuando George por fin encontró el camino a casa, intentó explicarle a su esposa lo que había visto.

Echándole un vistazo, ella se limitó a decir "Pobre George", y con mucha comprensión le llevó al sofa y le tapó con una manta.

-Tú no lo entiendes-protestó, pero cuanto más intentaba explicarlo todo, más difícil se volvía.

Mientras este luchaba por encontrar las palabras adecuadas, ella se inclinó sobre él y habló con dulzura-Qué interesante, cariño. Tienes que llevarme a verlo mañana-dijo.

Al ver su rostro flotando sobre él, finalmente dejó de murmurar-En absoluto, vieja-dijo, y se desmayó.

6

YENDO A LA CARRERA

-Ese conejo es un caso perdido-dijo Grumps seriamente, al ver a Startup pasando tranquilamente al pie del árbol con su habitual aspecto aturdido-Contaba con él y miradle ahora.

-Está completamente enamorado, pobre muchacho-coincidió Puggles. Después, por lealtad a su amigo, siguió hablando-Eso sí, esa Lola es suficiente para captar la atención de cualquiera-añadió.

-Solo es una espía-resopló el viejo búho-Cualquiera puede ver que le echó un hechizo de amor a ese conejo tonto.

-Quizá no quiere que se rompa el hechizo-dijo Puggles, acercándose a la verdad-Si estuviese en su lugar no sé si querría que pasara.

Pero Grumps no le escuchó, estaba sumido en la más profunda tristeza-Él es nuestra única esperanza contra las ratas pardas, ¿y qué hace durante todo el día?-golpeó el alféizar de la ventana más cercana con el pico para desahogar sus sentimientos-Tenemos que encontrar una forma de comunicarnos con él, pero, ¿cómo?

No muy lejos alguien más intentaba hacer lo mismo, pero de una manera muy astuta y sinuosa. Se trataba de Percy la serpiente, pero esta era conocida con todo tipo de apodos menos halagadores como "serpiente pecadora", "Percy la perezosa" o simplemente "Percy la ingeniosa". En concreto era una vieja amiga del capitán Mayfair y su banda de bribones.

-Hola, Startup-siseó de forma tentadora, deslizándose hacia él con un encanto letal-¿Qué te ocurre?

-¿Qué?-dijo Startup vagamente-¿Por qué debería ocurrirme algo? Estoy enamorado.

-Tonterías-respondió Percy con complacencia-Toda la gente que conozco tiene problemas, sobre todo aquellos que creen que están enamorados. ¿Es tu caso?

-Pero estoy enamorado-insistió Startup, afligido por su ensoñación. Este dudó y miró a Percy, medio asustado de que la serpiente se burlara de él. Pero Percy le dedicó una dulce sonrisa que reservaba para ocasiones como esa.

Tranquilizado, Startup se aclaró la garganta-Y ella se preocupa por mí, al menos...-hizo una pausa-¿Alguna vez has oído hablar de una mujer que se comporte de forma un poco extraña cuando te diga que le gustas?

La serpiente deslizó su reconfortante cola alrededor de los hombros de Startup-Todo el tiempo, viejo amigo, todo el tiempo-dijo.

Startup la miró, dudoso-¿Incluso si te invitan a subir a su barca y hacen que sus amigos te lancen cosas?-preguntó.

-Oh, eso es muy normal-la serpiente hablaba arrastrando las palabras.

-¿Tirar piedras y lanzas?-insistió Startup.

Percy se movió-Son cosas que pasan-dijo.

-¿Y cuando ella dice...matadle...al menos eso creo que dijo, y después te meten en un saco y te intentan arrojar al río?-Startup titubeó.

-Puaj-la serpiente se desenroscó estremecida, y después, rápidamente se volvió a enroscar-Eso es lo que se conoce como una relación de amor-odio-dijo con voz hueca.

-¿En serio?-preguntó Startup esperanzado.

-Por supuesto-la serpiente recuperó el equilibrio-Todo el mundo lo sabe.

-¿De verdad?-respondió Startup impresionado.

-Es su forma de decir "Te quiero"-dijo Percy entusiasmado-Toma, una zanahoria-añadió de forma casual.

-Vaya, gracias-Startup la agarró, no quería ofender a su nuevo amigo-Me la tomaré más tarde.

-Dale un mordisco ahora-le recomendó Percy, cerrando los ojos y agitando su cola brevemente sobre la zanahoria, que brilló en un tono naranja neón antes de volver a su sano color habitual-Te sorprenderá lo que ocurre cuando te comes una. Es un nuevo tipo de alimento, se llama "fruto prohibido".

-Oh-dijo Startup dudoso. Probó un bocado y e inmediatamente notó que una sensación muy peculiar se apoderaba de él. Comenzó a hacer que se sintiera algo confiado de nuevo y casi...bastante atrevido. Hinchó su pecho-Creo que sé lo que quieres decir-comentó.

-Ese es mi chico-rio Percy con alegría-Reconozco a un emprendedor veloz cuando lo veo. Ve a buscarla, muchacho.

Startup se enderezó-Está bien, lo haré-y con

una inesperada sensación de júbilo, se puso en marcha con un balanceo saltón, con las palabras de despedida de Percy.

-Cuéntame cómo te va-resonaban las palabras de la serpiente en sus oídos.

Sin embargo, su comportamiento no pasó desapercibido para el astuto búho. Llamando a Puggles a la ventana, señaló irritado a la figura del conejo que se alejaba abriéndose paso por el campo.

-¿Dónde irá ahora? Eso me gustaría saber. Parece como si se estuviese metiendo en problemas otra vez. Ayúdame a bajar los escalones, Puggles, viejo amigo. Tenemos que ir detrás de él antes de que sea demasiado tarde-dijo Grumps.

Puggles pensó rápidamente. Sabía que dicho esfuerzo probablemente sería suficiente para acabar con su viejo amigo, teniendo en cuenta su actual estado de salud.

-Te diré algo, Grumps-dijo rápidamente-¿Por qué no te quedas aquí y avisas a Prudence cuando venga mientras yo hago las tareas rutinarias de seguimiento? No queremos que el general esté en primera línea y que el mensajero se encuentre solo a cargo del cuartel general, ¿verdad?

Grumps se detuvo con recelo-Crees que soy demasiado mayor para eso, ¿verdad? Lo sé-dijo. Hizo gestos ante las protestas de Puggles y miró ansiosamente por la ventana detrás de Startup, que para entonces ya casi había sido perdido de vista-Creo que tienes razón. De todos modos nunca le atraparía. Bueno, vete. Pero no le pierdas de vista.

Puggles exhaló un suspiro de alivio-Depende de mí-dijo.

Cuando oyó a Puggles bajar las escaleras, Grumps siguió hablando para sí mismo.

-Nunca me perdonaré si le ocurre algo.

Aunque Puggles salió con optimismo, ya estaba comenzando a resoplar un poco cuando llegó a la parte inferior del árbol.

-Oh, qué tonto eres, Puggles-se regañó a sí mismo-¿Por qué no esperas a Prudence? No importa, tú sirves como voluntario. Bueno, ahí voy-se armó de valor y se marchó con toda la dignidad que pudo reunir. Para humillación suya, solo había avanzado una docena de pasos cuando escuchó a Hedgie hablando a su lado, preguntándole si podía acompañarle en un paseo.

-No-dijo Puggles de forma breve-Tengo prisa.

-Bueno, ve más despacio y tendrás más tiempo-fue la respuesta lógica que dio Hedgie.

Para cuando Puggles logró escapar sin molestar a su amigo y llegó caminando a la parte alta del terreno, Startup ya no estaba allí.

-Oh, Dios-dijo Puggles, sentándose y abanicándose la cara con una hoja de col-¿Ahora qué hago yo, tan mayor?

Aquel era exactamente el mismo pensamiento que pasaba por la cabeza de Startup mientras miraba por el terreno vacío que se extendía hasta los árboles en el horizonte. Había estado en todos los lugares habituales donde esperaría encontrar a Lola, sin suerte. ¿Dónde podría estar?

Mientras pensaba en qué hacer después, le pareció escuchar un tamborileo constante justo al otro lado del bosquecillo que había frente a él.

Startup se puso en camino para investigar.

Cuando se acercó a la franja de los árboles, se abrió paso a través de ellos con bastante cautela y después miró entre las ramas antes de aventurarse en el campo otra vez. Para su asombro vio a Lola dirigiéndose a una enorme banda de ratas, extendidas en filas como los soldados de un desfile. Detrás de ella había una zanja muy profunda que parecía dividir el terreno en dos partes.

En aquel momento, Lola levantó una pata y a su señal las ratas cargaron hacia ella. Según cada fila iba a donde estaba ella, le tiraban las lanzas a sus pies.

Para entonces las extrañas y poderosas emociones que Percy le inspiró parecían estar desapareciendo. Para recalcar aquello, el destello de la luz del sol sobre las lanzas le hizo sentir aprensivo. Mientras se preguntaba qué hacer, se encontró con otra zanahoria que Percy había escondido cuidadosamente en su bolsa del almuerzo.

Masticó y pronto olvidó sus problemas, y cualquier miedo que pudiese haber sentido simplemente se esfumó. Enseguida estuvo de nuevo en la cima del mundo, observando el espectáculo con creciente asombro, ya que se repetía una y otra vez. En cuanto acabó, se levantó y se limpió los bigotes, y después caminó sin preocuparse por nada.

Las ratas hacían tanto ruido en su entrenamiento que nadie se dio cuenta de que él se acercaba. De hecho, tuvo que levantar la voz varias veces para hacerse oír por encima del estruendo.

Cuando Lola le vio casi se cayó a la zanja.

-¡Vaya, mirad quién está aquí!-gritó a todo pulmón, intentando atraer la atención de las ratas pardas que se arremolinaban-¡He dicho que miréis quién está aquí!-repitió.

Pero las ratas pardas estaban tan concentradas en perfeccionar su ataque que no se dieron cuenta de ello, y pronto Lola olvidó su imagen elegante y empezó a gritar todavía más fuerte.

Aún bajo una condición de hechizado, Startup se unió a ella amablemente, aumentando la confusión.

Para ese momento Lola estaba llena de rabia. Se encontraba tan frustrada que le arrebató una lanza a la rata más cercana y fue hacia Startup.

-Qué buena idea-dijo Startup. Antes de que ella se diese cuenta de lo que iba a hacer, este le quitó la lanza de la mano y la clavó en el suelo frente al siguiente grupo de ratas que se chocaron al pasar.

-Esto hará que se sienten-dijo satisfecho.

El resultado de aquello fue un caos total. En cuestión de segundos, la primera fila de ratas pardas cayó, la siguiente fila tropezó con la primera, y sin poder detenerse, otras cientos de ratas que las seguían de cerca salieron disparadas sobre sus cabezas hacia la zanja como si fuesen una baraja de cartas.

-¿Qué te parece?-preguntó Startup, que se sentía bastante satisfecho consigo mismo.

Lola estaba fuera de sí por la rabia. Pero para Startup eso solo la hacía ser más bella.

-¡Tú...tú...!-farfulló.

-No, no, no tienes que darme las gracias-Startup levantó una pata con modestia.

-¿Darte las gracias? ¡Me gustaría matarte!-siseó olvidándose de ella misma.

-Ah, eso no es exactamente cierto-corrigió Startup con confianza.

-¿Que no es...qué?-gritó ella sorprendida, y las ratas pardas que se habían acercado sigilosamente a él miraron fascinadas.

-No, verás-declaró Startup de forma grandiosa-según mi amiga Percy la serpiente, todo esto es parte de una relación de amor-odio. No tienes que preocuparte por nada. De hecho, seré feliz explicándotelo todo más tarde, cuando estemos solos-le guiñó un ojo a las ratas con alegría.

Dios mío, lo has hecho muy bien-se dijo a sí mismo. Ya podía ver a Lola suspirando con pasión-Se nota que está loca por mí por la forma en que mueve los bigotes-pensó complacido.

Lola estuvo a punto de ordenar que le capturasen cuando se contuvo con recelo.

¿Y si tiene un ejército esperando en el bosque? Está muy seguro de sí mismo-pensó ella durante un momento-Si podemos tener el control sin que él se de cuenta, le dominaremos y nadie se atrevería a lanzar un ataque.

Manejando sus emociones, Lola sonrió de forma astuta-Puede que tengas razón, conejo. ¿Qué sabe una chica tonta como yo sobre estas cosas?-dijo.

Startup tosió a modo de aceptación y una de las ratas se rio.

Lola miró a ese individuo y la primera fila de ratas se llenó de nerviosismo.

-Sin embargo, aunque estamos encantados de tenerte aquí-se detuvo para ver su reacción, pero Startup escuchaba sus palabras muy atento-tal vez, ¿no te importaría ayudarnos?

Las ratas pardas inmediatamente miraron al conejo como si pareciesen necesitar su ayuda, después de que Lola las echase una mirada de acero.

-Verás, ellos están peligrosamente entusiasmados en ganar este concurso de tiro de lanzas.

El único problema es que necesitamos a alguien que elija al ganador, y este debe ponerse frente a ellos para decidirlo todo. No nos vale un viejo juez cualquiera, tiene que ser alguien a quien puedan respetar, un líder nato-dijo Lola.

Startup parecía convenientemente tímido.

-Alguien que no tema defender su decisión, por qué, por supuesto, tendría que ser alguien como tú, querido Startup-continuó ella, mirándole con admiración.

Startup dio una patada a un mechón de hierba, despreocupado-He arbitrado algunas partidas de tiddlywinks en su momento-dijo.

-Entonces no tenemos que buscar más-dijo Lola en voz baja, mirando al cielo como si sus plegarias hubiesen sido respondidas-Si estás seguro, querido Startup.

Esta le agarró antes de que pudiese cambiar de idea y le llevó hasta una gran estaca clavada en el suelo.

-Vaya, qué bien-Lola parecía convenientemente sorprendida-alguien ha dejado una estaca vieja aquí, es justo lo que necesitamos. Ahora todo lo que tienes que hacer es quedarte aquí, y solo para asegurar que no te muevas y les distraigas mientras ellos apuntan, te ataremos un poco, así.

Y en unos segundos Startup se encontró firmemente atado a la estaca, frente a una larga fila de ratas que se relamían y probaban el borde de sus lanzas.

Sintiéndose un poco expuesto, comenzó a tener la sensación de que las ratas pardas ya no parecían tan amables como le hicieron creer. Al ver que la duda se arrastraba sobre él, Lola le brindó una sonrisa triunfadora.

-No te muevas, Startup, o no sabremos quién es el ganador-dijo.

Por mucho que se esforzase, Startup tuvo la sensación de que había algo malo en la explicación que ella le dio, pero no pudo saber de qué se trataba.

-¿Sabremos?-preguntó con una risa confusa-Pensé que se suponía que yo tenía que elegir al ganador-parpadeó-Tiene que haber una razón sencilla para eso, pero no logro pensar cuál es.

-Oh, pero la hay, cariño-le aseguró Lola-Gana quien se acerque más. Y tú estás en la mejor posición para juzgar. Ahora pégate a la estaca y descúbrelo.

-¿Así?-preguntó con inocencia. Mientras se movía hacia atrás se dio cuenta de que las ratas levantaban sus lanzas-¿Por qué me miran?

-Cierra los ojos y no te preocupes-dijo Lola-Esto es por esa extraña relación de amor-odio de la que hablabas antes, no debería extrañarme-añadió de forma maliciosa.

Al abrir la boca para soltar una risa débil, a Startup se le cortó la respiración en pleno vuelo por un anillo de acero que se clavó en la estaca, sobre su cabeza. Cada parte de la madera todavía temblaba por la fuerza del lanzamiento.

Startup tragó saliva-¿Eso es todo? Vaya, qué juego tan tonto. Juguemos a otra cosa-dijo.

-Espera un minuto-ordenó Lola con su voz más suave-Ahora viene la parte difícil de juzgar. Aquí es cuando acabamos contigo...con el concurso, quiero decir, si me disculpas la expresión.

Una fila de lanzas apareció de la nada y todas apuntaban hacia Startup.

-Todo lo que tienes que hacer es decirles quién es el afortunado ganador-comentó Lola para animarle-Pero me alegro de no estar en tu lugar porque habrá una gran cantidad de perdedores malísimos. Aunque, por supuesto, te elegimos para juzgar por esa razón, porque sabíamos que serías muy valiente.

Startup volvió a mirar la fila de rostros feroces y decidió que, después de todo, no le gustaba tanto la idea de ser valiente.

-Espera-dijo Lola, iluminada por una idea súbita-Tengo un plan mejor.

-¿Ah, sí?-preguntó él, esperanzado.

-Sí-Lola sonrió-Lanzaré yo. Apuesto a que me acerco más que nadie.

Lentamente eligió una lanza y pasó el dedo por la punta mientras Startup observaba hipnotizado.

-¿Algún último deseo?

-¿Tienes una zanahoria?-fue todo lo que se le ocurrió a Startup, que recordaba con nostalgia lo diferente que se sintió cuando tomó otra anteriormente.

-¿Una qué...?-repitió Lola, retrasando el golpe.

-Una zanahoria-dijo Startup débilmente sobre las risitas y otros comentarios groseros.

-Qué idea tan magnífica-gritó Lola-Puedo partírtela sobre la cabeza, si te atreves-movió la cabeza con admiración reacia y miró a las ratas-¿Qué os parece?

Las ratas se miraron entre ellas con inquietud.

-Que sea con una pera o con una naranja entonces. Vamos, seamos justos-dijeron.

Startup comenzó a animarse-No, tiene que ser con una zanahoria-dijo con firmeza.

-¿Y bien?-Lola le miró, y cansada de esperar, le quitó de un tirón un casco negro a una de las ratas que gritaba-Te mereces que te lo quite por apretar los nudos-espetó a la rata-Bueno, esto servirá.

Esta colocó el casco sobre la cabeza de Startup, donde reposaba apoyado en una de sus orejas, y él se dio cuenta, con el corazón hundido, de que su artimaña había fracasado.

-Apartaos todos-ordenó-¿Estás listo, conejo?

Startup lanzó una última mirada desesperada a su alrededor, pero no había señales de que alguien viniese a salvarle. En ese momento el casco cayó hacia delante sobre su rostro e interrumpió todo lo que este fuese a decir. Eso estuvo bien, porque si hubiese podido ver lo que ocurriría a continuación se habría desmayado.

Lola balanceó la lanza con una facilidad sorprendente y la levantó, lista para arrojarla-Ahora bien-gritó-A ver si doy en el blanco.

Justo cuando ella arrojó la lanza sucedió algo increíble. El suelo que rodeaba a la zanja comenzó a desmoronarse y algunas ratas desaparecieron con él. La estaca se giró lentamente hacia un lado y la lanza solo llegó a golpear de forma indirecta antes de que toda la estaca se cayese.

Todos se quedaron helados, anclados a ese lugar. Luego, frente a su mirada hipnotizada, algunas ratas que todavía estaban tumbadas en la trinchera parecieron levantarse sobre la espalda de una espantosa figura negra que surgía de las profundidades.

-¡Aaaaah!-las ratas pardas se amontonaron farfullando con miedo y después actuaron todas a la vez, tropezando unas con otras en un intento desesperado de escapar de la enorme forma que avanzaba hacia ellas. Incluso Lola palideció de miedo y huyó con el resto de estas, adelantándolas rápidamente en una carrera ciega.

Si hubiesen esperado habrían descubierto que el monstruo también podía hablar.

Con un suspiro de satisfacción, este se limpió una espesa capa de barro de la cara-Eso es lo que yo llamo un baño de barro-murmuró. Después, acordándose de por qué estaba allí, Puggles fue hacia la zanja y comenzó a masticar las cuerdas que mantenían sujeto a Startup a lo que quedaba de la estaca.

Mientras los lazos desaparecían, Startup

sonrió con voz temblorosa a su amigo-Gracias, Puggles, ¿cómo llegaste hasta aquí?-preguntó.

-No fue nada, querido muchacho-respondió Puggles con modestia-Solamente pasaba por aquí, vi a Lola y a sus matones y me di cuenta de que estos no tramaban nada bueno.

Lo que este no le contó fue cómo se había arrastrado durante lo que parecieron horas por el fondo de la zanja hasta llegar hasta su amigo sin ser visto, para poder quitar la tierra de alrededor del pie de la estaca.

-De todas formas me alegro de haber llegado a tiempo. Te juro que escapaste por los pelos, muchacho-dijo.

Para desconcierto de su amigo, Startup se sacudió el polvo y habló con aire despreocupado-Oh, te aseguro que no corría ningún peligro. Los amigos de Lola son bastante inofensivos, solo estaban jugando-el conejo infló el pecho-Me pidieron que fuese juez en su concurso de lanzas.

-Tonterías-dijo Puggles de forma seca-Eras su objetivo número uno cuando yo llegué.

-¿Yo?-preguntó Startup con el rostro molesto-Lola no me haría una cosa así. Vamos a casarnos, ¿sabes? Estaba totalmente a salvo.

-Bueno, en ese caso ya no me necesitas-

gruñó Puggles, enfadándose mucho-Esta vez voy a realizar una limpieza adecuada para deshacerme del asqueroso olor de esas ratas pardas. Que tengas un buen día.

Después, el animal murmuró para sí mismo mientras se alejaba-Eso te enseñará a ayudar a tus viejos amigos, Puggles, muchacho. No se lo merecen-espetó.

-¡Espera!-gritó Startup apresuradamente-No lo entiendes-entonces bajó la guardia-¡No puedo evitarlo!-dijo.

Pero era demasiado tarde. Puggles ya había avanzado directamente hacia la zanja con un chapoteo todopoderoso que ahogó sus palabras.

Startup se quedó allí indeciso durante un momento, después dio un gran suspiro y se dirigió a casa.

7

VOLANDO ALTO

Al día siguiente el clima fue perfecto. Aunque los largos y calurosos días de verano estaban llegando a su fin, durante el desayuno todos estuvieron de acuerdo en que el día iba a ser bueno. Apenas un trozo de nube perturbaba el cielo azul intenso y el aire era tan fresco como una lechuga de primavera. Porque aquel era el día que todos los animales habían estado esperando, en el que se celebraría la gran fiesta de verano de Hookwood.

Desde que empezó a realizarse hace muchos años (nadie recordaba exactamente desde cuándo o por qué, hasta el viejo Grumps se rascaba la cabeza preguntándose esto), la fiesta se había convertido en el acontecimiento más popular en el calendario de los animales.

Todos los pensamientos relativos a cualquier amenaza de las ratas pardas, reales o imaginarios, se borraron rápidamente a medida que se pusieron en marcha los preparativos para el evento. Desde la primera luz del día se respiraba un aire de expectación burbujeante, centrado sobre todo en el terreno de Hookwood, donde siempre se celebraba la fiesta. Se estaban colocando mesas de caballete en diferentes partes del prado y las tiendas de campaña se multiplicaban en todas sus formas y tamaños.

Las viejas disputas fueron rápidamente olvidadas cuando cada animal hizo su contribución especial. Dora estaba ocupada preparando una mesa llena de deliciosos pasteles de verduras e indicando a Ben dónde debía colocar las bebidas de tomate y pepino.

Clara Goose se encontraba desenvolviendo unas prendas de lana que había tejido especialmente para la ocasión (todas eran de su propia talla, así que esperaba recuperarlas), mientras Leonard le sujetaba la caja. Este se sentía muy tonto haciendo eso, pero fingió que se iba a ver a alguien y mostró su sonrisa vaga y distante.

Oswald el pato vigilaba el pastel del "concurso de adivinación del peso del pastel" y estaba recortando servicialmente los bordes de este con su pico, "solamente para que pareciera más presentable", según sus palabras, aunque nadie le creyó.

Incluso Tug el petirrojo hacía su parte, buscando gusanos que dijo que vendería como cebo. Pero no tenía un cubo para ponerlos, así que nadie le creyó tampoco a él.

Cerca de ahí, Spike el gusano no se arriesgaba y se mantuvo bien alejado.

Fuera del aparente caos de banderas y banderines que colgaban y de las casetas que se llenaban hasta rebosar, y con los animales pululando en todas direcciones, se podía ver a Squire Nabbit caminando a grandes zancadas de un lado a otro, revisándolo todo como si fuese su única responsabilidad.

Por suerte nadie se fijó lo más mínimo en él, así que este parecía un poco tonto.

Desde su posición privilegiada, Grumps el búho vigilaba atento lo que estaba ocurriendo y murmuraba para sí mismo que él podría haber hecho todo aquello muchísimo mejor. Pero de todas formas se estaba divirtiendo bastante.

Muy por encima de todos los animales,

desde una ventana del piso superior de la cabaña de roble, la esposa de George echó un vistazo a la actividad bulliciosa y rápidamente bajó la persiana con la esperanza de que su marido, George, no se diera cuenta de lo que pasaba.

Si hubiese mirado al cielo habría contemplado una vista increíble. Un globo de colores alegres se balanceaba lentamente a la vista sobre los árboles y, desde una cesta que colgaba debajo, algunos individuos se asomaban y agitaban pañuelos. Normalmente un hecho tan extraño habría atraído a multitud de gente de kilómetros a la redonda, pero hoy era solamente otra atracción más, como parte del ambiente de la gran fiesta.

Pronto el globo fue atado de forma segura en un rincón del terreno y como aún quedaban muchas tareas por hacer para tener la fiesta lista a tiempo, los animales volvieron a ponerse manos a la obra sin prestarle más atención a este. Si lo hubiesen hecho, les habría parecido curioso que ninguno de los pasajeros que iban a bordo saliesen. Grumps movió inútilmente su telescopio y revisó el globo y a sus ocupantes. Hubo algo sin importancia que le molestó un poco, pero un nuevo grupo de turistas comenzó a volar en el globo y rápidamente se olvidó de aquello.

Este año las noticias obviamente habían volado, no solamente donde se encontraban todas las caras conocidas como Matty la gallinula de Moorhouse Wood, Rosy el charrán de Tipperary y Alca Torda de Portsmouth, sino que también había rostros viejos y nuevos que venían del extranjero. Los primeros en llegar fueron algunos gansos comunes desde Islandia, luego Brent el ganso desde Groenlandia, seguidos por un par de espátulas que venían de Holanda, Pierre el porrón, el joven soltero de París, las marecas de Wyoming, un grupo de patos mandarines de Pekín, y Carl el verderón, un refugiado de Berlín.

Observar a todos estos recién llegados animó a los trabajadores que se esforzaban. En especial cuando llegaron Hiram y Edna las marecas con una bolsa de viaje llena de billetes de dólar.

Para cerrar el prestigioso evento, el sol se elevó sobre las colinas, extendiendo su amable presencia sobre Hookwood y trayendo sonrisas a todos los rostros de los animales.

A todos excepto a Startup.

Porque Startup era un desgraciado. Cuando

su madre se enteró de lo mal que este se había portado con su amigo Puggles, le quitó la cena justo cuando estaba a punto de empezar a comer. En lo que a él respectaba, aquello era peor que ser mandado a la cama sin ver comida alguna.

Le persiguieron visiones de aquel plato lleno de comida, y se vio dando vueltas y vueltas durante toda la noche, sintiéndose confuso y compadecido de sí mismo. Por centésima vez no pudo evitar preguntarse cómo rayos se había metido en aquel lío.

Durante la mañana anterior a la fiesta este se había despertado murmurando-¿Por qué yo? -se preguntó. Repitió la pregunta mientras se miraba en el espejo-¿Qué he hecho?-añadió.

Todo empezó cuando conoció a Lola. Desde entonces las cosas habían cambiado a peor. Si esto es lo que te hace el amor te lo puedes quedar-pensó triste. Poniéndose una boina de su padre, se puso en marcha con un estado de ánimo rebelde. Después de un rato, su mejor carácter vino a su rescate y se dijo a sí mismo con culpabilidad que debía llamar a sus viejos amigos y disculparse.

Así que se dirigió a la pocilga que había en la parte inferior del jardín y llamó a a la vieja puerta abollada. No se escuchaba nada excepto una respiración pesada al otro lado de la puerta. Volvió a llamar y de repente flotó, a través de una rendija de la puerta, el inconfundible ruido de Puggles roncando en una especie de bufido agitado.

-Vamos, Puggles, sé que estás ahí-gritó. En ese momento una tabla salió por un hueco de la puerta y Startup pudo leer el mensaje garabateado en ella, "No hay nadie en casa, sobre todo si eres un conejo desagradecido", rezaba.

-¡Puggles, escucha!-gritó Startup-He venido a pedirte perdón-pero todo lo que escuchó fueron ronquidos fuertes que se repetían. Rindiéndose, pateó la tabla y se dio la vuelta, sintiéndose harto y sin saber qué hacer. Después de dar vueltas sin saber a dónde ir, se dirigió hacia el prado de Hookwood y se sentó apático para observar los preparativos. Y allí fue donde Prudence le encontró.

-Oh, hola, Startup. No te vi allí-dijo simplemente. No quiso que él supiese que le había estado buscando durante horas-¿Puedo sentarme contigo?

-¿Por qué no?-suspiró-Nadie más quiere hacerlo.

-¿Has visto a Puggles?-preguntó Prudence al cabo de un rato-Grumps quiere hablar con él.

-Ojalá él tenga más suerte que yo-dijo Startup sensible-No me habla.

-¿Por qué, qué pasa?-preguntó Prudence con tacto, habiendo escuchado ya con gran detalle lo que pasó con Puggles.

Startup volvió a suspirar. No se atrevía a reconocer ante Prudence (ni ante todos sus amigos) lo equivocado que estuvo con respecto a Lola. Después de muchos intentos y dudas comenzó a relatar cómo fue su último encuentro con Puggles, y se vio exagerando tanto su propio papel que pareció que solo él había defendido a Lola contra una horda de ratas pardas.

-¿Puggles no tuvo algo que ver con eso también?-preguntó Prudence.

-Oh, sí, me ayudó un poco-admitió Startup. Pero ya había tomado carrerilla al hablar y comenzó a sentirse algo indignado por cómo se dudaba de su palabra-En realidad él pensó que me estaban capturando, y cuando intenté explicárselo él estaba equivocado. Y ahora está de mal humor y se niega a verme-añadió.

Prudence respiró hondo y contó hasta diez-Creo, de verdad, que deberías escuchar su versión, Startup-dijo finalmente-Después de todo, Puggles es uno de tus amigos más antiguos.

Startup se movió incómodo-Ya lo intenté, ¿qué más quieres que haga?-espetó.

-Vete a verle-recomendó Prudence-Seguro que lo que te dijo no lo dijo en serio. Si quieres voy contigo.

-No-dijo Startup, sintiéndose más confuso que nunca-Más tarde, le veré más tarde. Lo prometo.

Y con eso se excusó y se dirigió rápidamente a la fiesta para perderse en el aislamiento amable de la multitud.

Por el camino casi se chocó contra una elegante mariposa. Estaba tan hermosamente vestida que se quedó boquiabierto ante sus colores. Se sorprendió incluso más cuando la mariposa le saludó como si fuese un amigo perdido al que no veía desde hace tiempo.

-Hola, Startup, ¿cómo te va la vida?

Startup parpadeó. Esa voz sin duda era conocida, pero no se parecía en nada a la de nadie que él conociese. Mientras daba vueltas frenéticamente en su cabeza a nombres y lugares, la mariposa salió a su rescate.

-¿Te acuerdas? ¿Algernon, la oruga?

Startup la miró todavía más confuso-Por supuesto, pero...-dijo.

-Sí, lo sé, soy muy elegante, ¿eh?-la mariposa se pavoneaba-Un poco distinta de esa cría desaliñada que conocías, te lo aseguro. Pero no hablemos de mí. ¿Qué pasa contigo? ¿No te habrás vuelto provinciano del todo y sentado la cabeza, verdad?

Su tono de mujer de ciudad y cómo le dijo aquellas palabras fue todo el estímulo que Startup necesitaba. Tragó saliva, y sin más preámbulos se lanzó a contar sus aventuras con la encantadora Lola.

Su amiga silbó-Esa Lola parece un bombón algo fuerte para algunos, sin duda. Lo que ella quiere es alguien que sea bastante imperioso-dijo. Después volvió a mover sus alas, como si tuviese totalmente claro quién debería ser ese alguien.

-¿Pero qué puedo hacer yo?-gritó Startup desesperado-No puedo renunciar a ella, no puedo vivir sin ella.

Algernon le dirigió una atractiva mirada de valoración-Mi querido amigo, no hay nada más sencillo. ¿Has visto lo que hace la abeja? Revolotea de una flor a otra y simplemente se sirve la miel que quiera por el camino. Esa es mi filosofía de vida. No te dejes atrapar por ninguna vieja flor que mueva sus pétalos, reparte tu servicios como la vieja y sabia abeja-dijo.

Al ver a Startup dudando, esta le dio un codazo-La vida es corta y divertida, muchacho. Confía en mí y aprovecha al máximo todo lo que te venga. Qué gran cambio tuve al dejar de ser una vieja oruga pesada, no tienes ni idea. Imagínate caminar pesadamente con tantos pies, día tras día. Me gasté una fortuna en zapatos de cuero, créeme-explicó la mariposa.

Después esta dio un pequeño giro-Ahora mírame. Tengo un buen par de alas y un elegante giro de velocidad. ¿Qué más quieres?-moviendo sus alas de forma soñadora, suspiró de felicidad-Me paso todos los días deambulando detrás de los chicos. Eso es lo que tú necesitas: un poco de aleteo. No sabes lo que te estás perdiendo.

-¿Piensas que debería hacerlo?-preguntó Startup, dudoso.

Algernon le dio un golpecito en el hombro con aires de autoridad conocedora del tema-Estoy totalmente segura-dijo.

Startup se rascó la cabeza y pensó en ello. Quizá si tuviese más de una novia eso no le dolería tanto. Luego lo pensó un poco más, y cuanto más lo pensaba, más atractivo comenzó a sonarle aquello.

-¿Por dónde empiezo?-preguntó simplemente.

Su amiga miró con lástima y saludó a los invitados a la fiesta-Mira a tu alrededor, Startup, muchacho. El mundo entero es tu ostra-dijo.

Como si fuese una señal, el altavoz emitió algunos ruidos entrecortados. Después el locutor fue interrumpido bruscamente cuando Oswald el pato se dio cuenta de que había una serie de cables extraños que salían del micrófono y comenzó a masticarlos.

A Josie la jirafa le estaba resultando muy difícil hacerse oír por el altavoz. Sin saber que algún entrometido había puesto el micrófono en el suelo, pensó que Hedgie el erizo haría la declaración, olvidando por completo que este necesitaba, al menos, un día para llegar hasta allí. De pronto vio algo extraño en el cielo y se olvidó de lo que estaba haciendo para tratar de contarles a todos que había visto un objeto que se acercaba y que surgió de la nada sobre sus cabezas.

Pero alguien ya había captado el mensaje.

Rosy el charrán saltaba tanto que estuvo a punto de volcar la tetera.

-Mirad eso, queridos míos. Es otro de ellos, real y fantástico-dijo.

En ese momento una gran sombra cayó sobre ellos, y al levantar la vista, Startup vio un globo moviéndose a la deriva y también un hermoso rostro oriental que le miraba desde arriba.

-¿A qué estás esperando?-dijo Algernon con una gran sonrisa-Apuesto a que ella está interesada en ti.

-¿En mí?-preguntó Startup sin entender nada.

-Sí, no pierdas tiempo. A por ello- Algernon se recompuso-Tengo que volar.

Y tras estas palabras la mariposa se marchó, dejando a Startup sintiéndose extrañamente solo en medio de la multitud.

El conejo miró a su alrededor, indeciso, y después volvió a ver a la atractiva chica cuando el globo aterrizó despacio. Para su sorpresa esta le hizo señas, y sin pensar dónde se estaba metiendo, se dirigió hacia ella.

Al ver otro globo, algo se encendió en la mente del búho, y eso le hizo mirar por segunda vez a los pasajeros de la cesta. Viese lo que viese, hizo que sacara apresuradamente un espejo que guardaba para una situación especial de emergencia. Comenzó a usarlo frente al sol para proyectar reflejos en dirección hacia la multitud, con la esperanza de que Prudence pudiese verlo, estuviese donde estuviese. Fue solo cuestión de pura casualidad que Prudence se fijase en la luz parpadeante. La idea de que Startup se pelease con su viejo amigo Puggles le puso triste, y durante un momento se perdió en los recuerdos, recordando todos los buenos momentos que pasaron juntos.

Tengo que vigilar a Startup y asegurarme de que no se meta en más líos-decidió ella. Se levantó y echó un vistazo a los rostros que había entre la multitud sin éxito. Fue en ese momento, al darse la vuelta, cuando ella vio de forma fugaz una luz danzante en las copas de los árboles.

Al principio ignoró aquello, pero después, con una descarga de aprensión, recordó que eso era la señal de que Grumps la necesitaba rápidamente.

-Caramba. Me pregunto qué habrá sucedido ahora-Prudence comenzó a preocuparse.

Había una buena razón para inquietarse cuando se trataba de Startup. Ahora estaba tomando su quinta o sexta bebida de zanahoria. Esta situación comenzó cuando la belleza de ojos rasgados le pidió que se uniese a ella en un brindis para celebrar su victoria en la carrera de globos.

Startup fue demasiado cortés para preguntar contra quién se competía, sobre todo porque solo parecía haber otro globo más por ahí. Pero para entonces estaba demasiado hipnotizado por los ojos claros de ella para discutir. Ni siquiera cuando esta le presentó al capitán se le encendieron las alarmas. Estaba tan relajado que ni lo sabía ni le importaba. Seguía teniendo una venda sobre los ojos, y por su cortesía natural de conejito no le gustaba negarse a las cosas.

-Tómate otra bebida efervescente-dijo el aeronauta gordo, poniendo su brazo, que parecía el de un oso, sobre él.

-Prueba esta primero-insistió la chica de ojos rasgados, agitando su pata sobre él de forma misteriosa y haciendo que comenzase a salir humo.

Startup observó hipnotizado. Así era como su madre mezclaba siempre su medicina, pensó inteligentemente. Tomó un sorbo para probarlo. Aquello incluso sabía a medicina, era amargo y desagradable.

-Ya sé por qué lo llaman bebida de hospitalidad-bromeó el conejo-Te tomas una copa y acabas en el hospital-miró a ambos lados. Ellos parecían esperar que sucediese algo-Parece que estáis esperando a que ocurra algo-dijo expresando sus pensamientos.

Sus rostros aparecían y desaparecían. Startup entrecerró los ojos y después parpadeó sorprendido cuando ambas caras parecieron cambiar, volviendo a ser las que él conocía.

-¿Sabes qué?-dijo finalmente, concentrándose en pronunciar cada palabra-Creo que te conozco.

Intentó levantarse, y durante un momento el rostro oriental se puso rígido y el capitán buscó a ciegas en su bolsillo. Startup se movió para dejar su bebida pero descubrió que no le quedaban fuerzas. Un destello triunfal atravesó la cara del capitán y en ese momento Startup supo de quién se trataba.

-¡Vaya, eres el capitán Mayfair!-señaló débilmente. Después se movió hacia la chica, que retrocedió-Y tú debes ser...-pero antes de que pudiese pronunciar esas palabras cayó al suelo.

Grumps contuvo el aliento mientras observaba la escena por su telescopio-¿Dónde está

Prudence?-gritó impaciente-Startup corre un peligro terrible-se dio la vuelta con ansiedad-Ah, ahí estás-dijo.

Antes de que Prudence pudiese pronunciar una palabra, este le puso el telescopio en las manos-Dime lo que ves, no puedo soportarlo-pidió el búho.

Prudence miró por la lente con miedo-Hay un hombre y una mujer levantando a alguien en el globo-dijo.

Grumps gimió-Esos demonios le han hecho algo-comentó.

-¿A qué te refieres?-Prudence miró al anciano y palideció entendiéndolo todo de repente-¿Quieres decir que...?-volvió a mirar y se puso tensa-La chica está besando al gordo y este le está poniendo una medalla encima.

-Sin duda se la da por su papel en engañar al conejo-farfulló Grumps con vehemencia-Ese es el capitán Mayfair, el espía ruso, y la otra es su elegante novia.

-¿Te refieres a Lola?-estalló Prudence, y después se dio cuenta de algo-Espera...se ha movido. ¡Startup se ha movido!

-Vale, déjame ver-dijo el búho bruscamente, y acercó el visor hasta su posición-Tienes razón, y no parece que se hayan dado cuenta.

-Oh, ¿qué podemos hacer?-suplicó Prudence-No podemos quedarnos aquí mirando.

El sabio búho reflexionó-De alguna forma tenemos que encontrar el modo de distraer su atención. Ya sé-gritó, saltando arriba y abajo emocionado-Tenemos que hacernos con el otro globo.

-Pero...¿pero cómo y por qué vamos a hacer eso?-preguntó ella, que empezaba a pensar si este había perdido la cabeza, pero mientras él trazaba sus planes, un destello de esperanza iluminó su rostro.

Sin decir nada más, Grumps retiró bruscamente una manta de un rincón, descubriendo el cuerpo de alguien que dormía.

-¿Hedgie?-exclamó Prudence-¿De qué forma puede ayudarnos?

El viejo búho envolvió con cuidado al animal espinoso en una toalla y se lo entregó a Prudence. Mientras lo hacía, le susurró lo que quería que hiciese en el caso de que su amigo despertara.

-Ahora quédate quieto-dijo Prudence con firmeza dirigiéndose hacia las escaleras-Quiero que esto sea una encantadora sorpresa para esas horribles ratas pardas.

-Mientras haces eso-gritó Grumps detrás de

ella-reuniré a algunos de nuestros amigos en la fiesta. Pero depende de ti, Prudence. ¡Buena suerte!

-Gracias, la necesitaré-dijo Prudence mientras se abría camino entre la multitud, dirigiéndose hacia el segundo globo que se encontraba atado un poco más atrás. Temblando por dentro, se levantó y miró dentro de la cesta, esperando que alguien le desafiase en cualquier momento.

Por suerte, la tripulación del globo estaba concentrada en sacar los sacos de lastre del fondo de la cesta, preparándose para partir, y no tenían ni idea de lo que iba a pasar. Al ver esto, Prudence sonrió y desenvolvió con alegría su preciado bulto. Con un tirón rápido, dejó caer al ahora despierto por completo Hedgie, al revés, sobre la fila de espaldas dobladas.

Inmediatamente estalló el caos cuando los individuos gruñones se lanzaron de un lado a otro con gritos de dolor, vaciando la cesta en un instante.

-Ahora me pregunto, ¿cómo funciona esto?-dijo Prudence, contemplando pensativamente el escenario.

Mientras tanto, en el otro globo, Startup trató de fingir que todavía estaba inconsciente.

Ahora que se fijaba, Lola no le parecía tan dulce e inocente. Esos grandes ojos marrones se entrecerraban y parecían maliciosos. ¿Cómo podían haberle engañado así? Estaba especialmente indignado por la forma en que Lola halagaba al capitán, y se dio cuenta, muy a su pesar, de que ella le había estado engañando por completo durante todo el tiempo.

-Querida, creo que tendremos que hacer que parezca un accidente-dijo el capitán con suavidad, quitándose el disfraz-Así que cuando estemos lo bastante alto, hay que acordarse de cortar su cuerda.

-O sea, que este estaba mirando por la borda, se mareó y no llegamos a tiempo para agarrarle-sugirió Lola, entendiendo lo que le dijeron.

La respuesta del capitán Mayfair se ahogó en un repentino estallido de voces que se alzaban indignadas en el exterior.

Matty la gallinula chillaba, Rosy el charrán cantaba baladas irlandesas a todo pulmón, Alca Torda agitaba una pequeña espada e invitaba a todos a enfrentarse a él, y Pierre el porrón intentaba supercar a Rosy el charrán con un alegre número parisino. Entonces se unió un grupo de patos mandarines y Carl el verderón comenzó a gritar.

-¡Abajo los tiranos!

Había tanto ruido que el capitán Mayfair retrocedió inquieto y pareció incluso más inseguro cuando Lola le pidió que hiciese algo.

Mientras sucedía aquello, Startup habia estado girando desesperadamente sus patas para liberarse sin que le viesen. Al reconocer algunas voces sintió una ola de esperanza. Mientras el capitán y Lola estaban enzarzados en una acalorada discusión con los amigos de Grumps, este vio su oportunidad para escapar y se acercó, maniatado, al lateral de la cesta.

-¡Rápido, salta, Startup!-susurró alguien de forma penetrante.

Él levantó la vista con incredulidad, y allí, llena de alegría, estaba Prudence saludándole desde otro globo a tan solo unos metros de distancia.

Trepando con cierta dificultad, esperó hasta que la cesta se balancease de nuevo y con una rápida oración se lanzó por el estrecho hueco. Gritó repentinamente de rabia, pero después llegó hasta el otro lado, cayendo sobre un montón de algunos lastres.

-¡Ayúdame a desatarme!-jadeó Startup-Tenemos que deshacernos del lastre o nunca escaparemos.

-Tengo una idea mejor-Prudence soltó una risita, y levantando a Hedgie, lo presionó contra la superficie del globo y este casi se desmayó con la súbita salida del gas.

-Eso nos hará bajar, no subir-gritó Startup horrorizado-Ahora nos atraparán fácilmente.

-Bueno, eso es lo que quiero que piensen-rio Prudence, y cortó las cuerdas que apresaban al conejo con frialdad-Prepárate para tirar el lastre cuando yo te diga.

-Ese es un movimiento inteligente-dijo Startup comprensivo. Estaba comenzando a ver cualidades en ella que jamás supo que tenía.

Prudence levantó la vista-Aquí vienen. Veo que tu amiga Lola está a bordo. ¿Estará todavía a la altura de sus viejos trucos? Tiene un talento para la magia, debo reconocerlo, y parece que ha enseñado a sus secuaces algunas de sus artimañas. No seas tan duro contigo mismo, Startup-añadió de forma consoladora-Estabas bajo el influjo de un hechizo.

-Sí-dijo Startup, aliviado por cómo se lo tomaba esta-Tenías toda la razón con respecto a ella-admitió de forma sincera-Oh, y gracias por el rescate.

Pero no tenía que agradecerle nada. Saber que él ya no tenía ningún interés en la malvada Lola era todo lo que necesitaba, y de golpe todo volvió a estar bien.

-Cuidado-gritó Startup-Parece que estamos aterrizando en el cuartel general de las ratas pardas.

Sobre ellos se escuchó un grito triunfal, y al mirar hacia arriba, Startup vio al capitán bailando arriba y abajo y agitando el puño encantado.

Fingiendo estar asustado, Startup se agachó para no ser visto y agarró un par de sacos de lastre, preparándose para tirarlos por la borda en el momento decisivo. Unos segundos después, encontró a Prudence a su lado sujetando otro.

-Esto debería encargarse de un puñado de canallas a la vez-dijo Startup con alegría.

Prudence miró el globo del capitán mientras se dirigía hacia ellos y le susurró algo al oído a Startup. El conejo esbozó una sonrisa todavía más grande en su rostro.

-Puedes apostar que sí-asintió feliz.

Justo cuando se encontraban a poca distancia de las ratas que corrían debajo y que se abrazaban con esperanza, Prudence se inclinó y soltó su bomba letal sobre el secuaz que estaba a cargo, dándole de forma astuta en la cabeza.

-¡Justo en la diana!-gritó Startup inclinándose hacia un lado.

Después, con un silbido, el otro globo se deslizó. El capitán Mayfair estaba colgado con una pierna atascada en la escalera de cuerda, impaciente por bajar y capturar a sus prisioneros personalmente.

-Ahora-dijo Prudence con frialdad, y sin previo aviso, Startup arrojó sus sacos de lastre directamente en la cesta del enemigo, dando a los dos pasajeros sorprendidos un regalo inesperado mientras pasaban.

Cargado con el peso adicional, el globo del capitán se disparó directamente hacia abajo, cubriendo por completo a la multitud de ratas pardas que estaban en el suelo.

De inmediato, el globo de Prudence (porque no había duda alguna sobre quién era la capitana en este viaje) subió rápidamente como por arte de magia y se marchó a un terreno elevado y seguro.

8

LAS RATAS PARDAS ENTRAN EN ACCIÓN

-Siéntate, muchacho-dijo Puggles cordialmente.

Había pasado una semana. Todas las señales de las ratas pardas, de Lola y del famoso capitán Mayfair habían desaparecido prácticamente de la noche a la mañana, y la vida en Hookwood había vuelto a la normalidad.

Pese a la tranquilidad aparente, Startup tuvo la incómoda sensación de que todavía no habían visto a la última de las ratas pardas, pero Puggles descartó aquello.

-Eso son tonterías, querido amigo-dijo.

-De todos modos...-Startup se preocupó y pegó un salto al escuchar el sonido de un golpe en la puerta. Pero solo eran sus amigos, Prudence y Grumps, el búho sabio.

-Dejad la puerta abierta-dijo Prudence-Hedgie llegará en un momento.

-Vale, no podemos esperar tanto-bromeó Puggles poniéndose de pie-Ahora, compañeros, os he invitado a mi elegante morada...

El cerdo hizo una pausa para reírse, pero Grumps se quejó.

-Sigue hablando-murmuró el búho.

Puggles continuó con una expresión apenada-Como iba diciendo antes de que os unierais a nosotros, ahora que todo este asunto horrible ha terminado de verdad, os digo, ¿por qué no lo celebramos?-preguntó. Sonrió de alegría a todos los allí presentes y se produjo un silencio mientras los demás pensaban en ello.

Entonces Prudence sonrió-Qué gran idea. ¿Qué piensan los demás sobre esto?-preguntó.

-Bueno, solo se lo he contado a uno o dos amigos-dijo Puggles con modestia-Y piensan que es un buen plan.

-Seguro que sí-gruñó el búho-Solo piensan en eso, en comer y beber.

-¿Qué te parece, Startup?-preguntó Prudence al ver que su amigo se quedaba bastante callado.

-Oh, no me importaría hacerlo-dijo Startup lentamente-Es solo que...

-No le escuches-interrumpió Puggles con benevolencia-Todavía piensa que esas ratas pardas están merodeando por ahí, esperando su oportunidad para atacarnos otra vez. Yo os pregunto, ¿alguien ha visto a una sola de esas malditas criaturas en kilómetros a la redonda durante los últimos días?

-No-dijo Prudence pensativamente-Pero entiendo a Startup. Parece extraño que desapareciesen tan deprisa.

Startup la miró agradecido-Eso es exactamente lo que yo siento al respecto. Simplemente no tiene sentido-comentó.

-¿Qué importa eso?-preguntó Puggles-Agradezcamos que se hayan ido y no tengamos miedo de decirlo. Después de todo, no es habitual que nos sucedan estas cosas. Además es una forma estupenda de acabar el verano. Podemos cantar y bailar, bailar y hacer un banquete, y...

-¿He oído banquete?-dijo una voz llena de esperanza, y allí estaba Hedgie asomando la cabeza por el rincón de la entrada-Espero que tengas hojas horneadas y pastel de lombrices. Qué rico.

Grumps resopló-Sabía que vendrías en cuanto se hablase de comida-dijo.

-Bueno, da igual lo que me digáis-se quejó Puggles desafiante-Sigo pensando que es una buena idea.

-Yo no dije que no estuviese de acuerdo-comentó Grumps con suavidad.

-¿Eh?-Puggles estaba sorprendido-¿Eso significa que estás a favor?

-Normalmente no suelo posicionarme en cosas tan excesivas-espetó Grumps-Pero en la vida hay momentos especiales en los que creo que es justo ser agradecido, y este es uno de ellos. Respondiendo a tu pregunta, Puggles, yo te doy un sí rotundo. Y cierra la boca cuando no estés hablando, haces corriente.

El búho se giró hacia Startup mientras Puggles retrocedió asombrado-Puedo entenderte, joven conejo, pero no podemos pasar el resto de nuestras vidas preocupándonos por si las ratas regresan o no. Aunque sí puedo decirte lo que podemos hacer al respecto-dijo.

Los demás se acercaron para escuchar lo que él tenía que decir.

-Vale, ¿estáis todos escuchándome? Sugiero que hagamos esto. Para asegurarnos de que no recibimos a ningún intruso pondremos una fuerte vigilancia y tendremos un puesto de vigilancia adicional en el roble. En cuanto a la fiesta, la celebraremos en el granero que está al fondo del jardín. ¿Qué me decís?

Se produjeron asentimientos de aprobación y Startup se animó con la idea de poner vigilancia y comenzó a aceptar la idea.

Al ver su cambio de opinión, Prudence dio un gran suspiro, aliviada.

-Bueno, ¿entonces cuándo lo celebraremos? -preguntó ella de forma realista.

-Yo digo que lo hagamos lo antes posible-dijo Puggles con entusiasmo.

-Necesitamos más tiempo-el sabio búho le hizo callar frunciendo el ceño-Hay todo tipo de cosas que planificar, decisiones que tomar...

-Como el tono de barro que debería usar-dijo Puggles seriamente.

-Así como estás te ves precioso-Prudence soltó una risita.

-Primero las fechas-dijo el búho con dureza-¿Qué tal si lo hacemos el sábado dentro de tres semanas? Eso será...el día veintitrés.

Una voz surgió de forma inesperada desde la entrada-Hacedlo el día veinticuatro-dijo.

-Oh, eres tú, Ben-el búho le reconoció-¿Por qué quieres retrasarlo un día?

El viejo Ben miró a su alrededor con orgullo-Porque es el cumpleaños de mi hijo, por eso-explicó.

Se produjeron gritos de sorpresa y felicitaciones.

-Qué gran idea-dijo Prudence con alegría-No sabía que era tu cumpleaños, Startup.

-Eso significa que tendremos que comprar un regalo-se quejó Hedgie.

-Vaya, gracias, Hedgie-sonrió Startup-Te diré algo, no me importaría tener una de esas máquinas de uf, como las que tiene Fred el cartero.

-¿Qué es una máquina de uf?-preguntó Puggles desconcertado.

-Es como la llama el cartero cada vez que se baja de ella-explicó Startup.

-Creo que a Hedgie le vendría bien una de esas-Puggles soltó una carcajada-Pero qué idea tan magnífica, una celebración doble.

Se produjo una ola de emoción tan grande tras ese comentario que nadie se dio cuenta de que una sombra cruzó la puerta.

Afuera, Leonard la liebre escuchaba con gran interés lo que se estaba planeando. Después se escabulló con una sonrisa astuta deslizándose por su rostro.

El día de las celebraciones había llegado y se había ido, bueno, casi se había ido. Puggles se puso de pie.

-Damas y caballeros-dijo eligiendo sus palabras con gran cuidado-Este es el último agradecimiento de la noche. Va dedicado a todos los amigos excelentes que destinaron su tiempo sin pensarlo, o debería decir, con mucho gusto, para la ocasión. De forma silenciosa y eficaz, sin pensar en ningún tipo de agradecimiento o recompensa-una nota de sorpresa se deslizó en su voz-En concreto, me gustaría destacar...a alguien a quien debo confesar que no suelo ver ofreciendo sus servicios tan gustosamente como lo hizo esta noche, Leonard la liebre, que ha ayudado de forma muy generosa con las celebraciones-Puggles llevó los aplausos a convertirse en algunos murmullos de incredulidad.

Startup miró hacia arriba rápidamente. En ese momento, Leonard comenzó a retroceder de forma especialmente furtiva y eso despertó sus sospechas de inmediato. Una docena de pensamientos pasaron por su mente mientras miraba a Prudence buscando una pista.

-El zumo de zanahoria-dijo ella sin aliento.

Poniéndose de pie al instante, Startup gritó una advertencia-Deteneos, no toquéis las bebidas-pero mientras hablaba, el lugar comenzó a dar vueltas y sintió sus piernas curiosamente débiles.

-Tonterías-sonrió Puggles. Bebió un sorbo de su copa agradecido-Os doy mi palabra de que esto es bueno-miró a su alrededor-Despertaos ya, no sabéis lo que os estáis perdiendo.

Puggles estaba hablando solo. Para entonces la mayoría de los invitados ya se habían quedado dormidos sobre la mesa, algunos de ellos en mitad de una frase.

Por detrás, la liebre había terminado de abrir la puerta a tientas y retrocedió un paso. Un minuto después el lugar se llenó de ratas pardas.

Envuelto en sus pensamientos, Puggles siguió reflexionando sobre la calidad de las bebidas, incluso mientras estaba siendo levantado por alguien.

-Definitivamente esto está mejor que la mayoría de bebidas-dijo al fin-De hecho, es una gran mejora-señaló con la cabeza a los individuos que allí se reunían-Si queréis probar vuestro zumo, podéis bajarme.

De pronto miró desconcertado, hacia abajo,

a los sonrientes invasores, como si les viese por primera vez.

-¡Os digo que me dejéis, bajadme!-gritó.

Las ratas obedecieron al instante dejándole caer al suelo de un porrazo.

Mientras se levantaba refunfuñando, se hizo un silencio inesperado sobre el grupo. El mar de ratas pardas retrocedió y por el medio se abrían camino el capitán Mayfair y Lola, seguidos por la terrible figura de la mismísima rata negra, el rey Freddie, rey de las ratas.

Caminando alegremente hacia la mesa, el rey Freddie sonrió con maldad a las ratas acobardadas y miró con desprecio a los animales inconscientes tumbados sobre la mesa.

-Así que por fin os tengo-sonrió mostrando una hilera de dientes rotos y torcidos, paseándose por arriba y abajo, en su línea.

Prudence le vio acercarse. Finalmente este se quedó mirando con satisfacción a la figura inmóvil de Startup.

-Sobre todo a este-añadió-Estuve esperando esta oportunidad durante mucho tiempo.

-¡Ni se te ocurra tocarle!-Prudence levantó la voz con valentía-No dirías eso si él estuviese despierto.

La rata negra Freddie miró a su alrededor

lentamente. Su ceño se convirtió en una sonrisa de alegría lobuna al verla.

-¡Vaya, qué coneja tan encantadora!-dijo. Y con una reverencia extravagante, se quitó tanto el sombrero con plumas que estas rozaron el suelo.

De repente Prudence vio que Startup se movía y dijo, de forma salvaje, lo primero que se le ocurrió para evitar que la rata se diese cuenta.

-No te saldrás con la tuya. No has atrapado a todo el mundo, ¿sabes?

La rata negra Freddie la miró y se burló de ella-Pareces muy segura, querida. ¿Y a quién crees que hemos echado en falta, eh? Tenemos a todo el pueblo aquí-agitó un brazo hacia los invitados que dormían para recalcar su postura.

-Al búho sabio, por ejemplo-espetó ella, y después se quedó helada con horror por lo que dijo.

Por favor, que le dejen escapar, ¡por favor!-rezó para sí misma.

Una sonrisa de satisfacción evidente se extendió por el rostro de la rata.

-¡Comandante Podge!-gritó Freddy.

Una silueta alta y esbelta rompió filas y se puso firme de forma elegante.

-¡Señor!

-Dile a la señorita qué fue lo que encontraste en el roble.

El comandante Podge se puso erguido y repitió como si fuese un loro.

-Actuando según la información que nos dio Leonard, señor, enviamos un grupo de asalto y fuimos atacados por un búho y un pato que ejecutamos.

-¿Quieres decir que...Grumps ha muerto?-Prudence tragó saliva, palideciendo.

-Eso es todo, comandante-el rey Freddie le despidió rápidamente-No sufrió, te lo prometo, jovencita-empujó a Startup haciéndole gemir-Mira, como tu amigo, solo está durmiendo un poco, como todos los demás.

Prudence vio que por una vez este decía la verdad. Los demás invitados ya comenzaban a moverse. Algunos se encontraban sentados y otros se tambaleaban para ponerse de pie. Pero no llegaron muy lejos. Todos los que intentaron abrirse paso fueron apresados y arrojados hacia atrás para unirse al resto de animales, en medio de las risas y las burlas de las ratas pardas.

-Tú serás mi invitada especial-prometió Freddie tras una mirada persistente-Pero antes debo trazar nuestros planes para hacer...una celebración adecuada-puso los ojos en blanco ante la idea-Para servirle, señora-hizo otra reverencia y se alejó tranquilamente para hablar con el capitán Mayfair.

-Startup, ¿estás bien?-se preocupó Prudence, tratando de ayudarle a levantarse. Lo único que escuchó fue un gemido débil y cuando se inclinó se sorprendió al verle abrir los ojos brevemente y hacerle un guiño.

-Finge que estoy enfermo-susurró sin mover apenas los labios.

Ella asintió con la cabeza, bastante aliviada. Temiendo que pudiera delatarse a sí misma, se sentó allí sin moverse. No tenía de qué preocuparse. Por el ruido que hacían las voces alzadas detrás de ella estaba bastante claro que nadie le prestaba la más mínima atención.

-Yo digo que nos deshagamos de ellos ahora-dijo el capitán Mayfair, insistente.

-Sí, matémoslos a todos-presionó Lola con voz estridente.

El rey Freddie les hizo callar con un gruñido-Si hubierais hecho todo lo que os dije les habríamos atrapado hace mucho tiempo, de no ser por vuestra torpeza. Así que no me digáis lo que tengo que hacer. Yo les capturé, así que yo me ocuparé de ellos.

-¿Pero y si se vuelven a escapar?-se quejó Lola.

-Esta vez no se escaparán-gruñó el rey Freddie-Tengo un as en la manga. Un duelo a muerte con el conejo, y para la chica linda...tengo otros planes-rio. Girándose, señaló a los dos conejos-¡Agarradlos!-gritó.

-Startup, ¿qué hacemos?-gritó Prudence mientras la multitud de ratas avanzaba hacia ellos.

-Pensemos en algo-murmuró Startup sin estar muy convencido. Tocó el amuleto de la suerte que le había regalado Prudence por su cumpleaños-Será lo mejor.

Inconsciente del gran drama que se vivía en el granero, otro invitado se dirigía a los festejos especialmente arreglado para el acontecimiento. Se había tomado tantas molestias que desgastó dos escobas viejas que encontró junto a la cabaña para arreglar su abrigo espinoso.

Afortunadamente, resultó que Hedgie nunca dedicó el tiempo suficiente a prepararse para ninguna reunión social, así que cuando el erizo finalmente llegó allí, no había nadie que le pidiese su entrada.

Qué extraño-pensó-Recuerdo perfectamente a Grumps diciendo que esto se celebraba el día veinticuatro-el erizo siguió pensando-Y no se ve un guardia por ninguna parte. Quizá me equivoqué de fecha después de todo.

Justo cuando se debatía ante la posibilidad de perderse su pastel de lombrices, algo en su interior le habló.

De repente, la puerta se abrió de golpe y Prudence irrumpió.

-¡Socorro!-gritó-¡Las ratas pardas están aquí! Dile a la gente del pueblo...-miró con los ojos muy abiertos más allá de Hedgie, sin verle. Al minuto siguiente una rata se abalanzó sobre ella y la arrastró de vuelta al interior del granero.

Hedgie tragó saliva-Oh, Dios mío. Tengo que buscar ayuda, por mi palabra y la de Jeremy Spilikin-dijo. Jeremy era el nombre que siempre invocaba cuando necesitaba algo. Pero ahora que había llegado ese momento, en realidad no podía recordar dónde estaba Jeremy. Y cuanto más pensaba en el problema, más confuso estaba, hasta que tras un rato apenas pudo acordarse de quién era Jeremy.

Para entonces todo eso estaba sucediendo y Hedgie comenzó a entrar en pánico.

-Tranquilo-comenzó a decirse a sí mismo-

No te hagas un nudo-se dio la vuelta, confuso, en dirección al roble, con la esperanza de que el búho todavía estuviese ahí. Tenía mucha fe en su amigo Grumps-Él seguramente sabrá qué hacer-se consoló-O incluso podría encontrarme con alguien por el camino.

Resultó que el roble estaba bastante cerca de donde él se encontraba, de lo contrario la historia podría haber acabado de forma muy distinta. Así pues, casi era la hora del té cuando Hedgie finalmente llegó a la puerta situada entre las raíces del árbol. En lo que a él respectaba, aquel fue el viaje más rápido que había emprendido nunca. De hecho se encontró bastante agotado cuando subió, tambaleándose, por los primeros peldaños de la escalera.

En el interior oscuro, no calculó bien sus pasos y tropezó contra algo blando. Antes de que pudiese averiguar contra qué o contra quién se había chocado, al instante tropezó contra otra cosa. Se asustó tanto que rodó hasta convertirse en una bola y avanzó por las escaleras hacia la habitación.

Girando una y otra vez mientras caía, Hedgie descubrió, para su sorpresa, que había aterrizado sobre otro objeto suave y se aferró a él instintivamente. Con un grito espeluznante, la cosa que había bajo él salió disparada en el aire tratando de sacudirse del erizo, alejándose después como si fuese un potro salvaje.

Aquello debió ser un sobresalto desagradable para el gato pelirrojo. Durante un momento se encontraba durmiendo cómodamente, con la esperanza de que un joven y sabroso conejo se presentase para la cena desde el laberinto de madrigueras que había entre las raíces de los árboles. Al siguiente momento fue pinchado por algo que era como un cruce entre una cama con clavos y un rollo de alambre de espino. Cuanto más se lanzaba por los aires para liberarse, más se hundía Hedgie en el pelaje del gato.

-Al menos me llevará a algún lugar-dijo Hedgie sin aliento. Pero la velocidad a la que iban le asustó tanto que cerró los ojos y esperó que no fuesen demasiado lejos porque estaba empezando a sentirse un poco mareado.

Mientras avanzaban, los saltos y cabriolas del gato se volvieron tan salvajes que Hedgie se apretó más a él, hasta que sus púas se enredaron en el pelaje del animal.

-¡Aaah!-chilló el gato pelirrojo, y salió disparado todavía más rápido, rebotando en los árboles y arbustos en un loco esfuerzo por sacudirse de su atormentador. Pero fue en vano.

En un último y desesperado esfuerzo el gato se arrojó a un estanque. Cuando se dio cuenta de que no podía aguantar la respiración durante más tiempo, salió cansado por el otro lado, solo para descubrir que Hedgie todavía estaba allí.

Aquello no era bueno. Con un último alarido de frustración, el gato se lanzó por los aires y atravesó la puerta principal de un edificio que se alzaba frente a ellos, dejando su silueta en la madera para indicar dónde había estado.

Aterrizó, todavía chillando, en medio de una muchedumbre hirviente de ratas pardas, y una oleada de terror invadió la reunión hasta la parte trasera del granero.

El capitán Mayfair, más rápido que la mayoría de las ratas para evaluar una situación potencialmente peligrosa, agarró a Lola y se deslizó hacia la parte trasera del escenario improvisado en el que el rey Freddie se dirigía a las tropas, y después subió corriendo un tramo de escaleras hasta la salida de emergencia.

Atrapado en mitad de su discurso que estaba por finalizar, el rey Freddie hizo una señal a su guardaespaldas para que trajese a los prisioneros y rápidamente hizo lo mismo que el capitán. Sus pocos generales de confianza se apresuraron a sellar la escalera para darle la oportunidad de escapar.

Mientras tanto, el tiempo pareció detenerse cuando el gato pelirrojo se levantó, todavía mareado, y miró a su alrededor, asombrado por lo que tenía frente a él. ¿Estaba imaginándose cosas? Una muchedumbre de rostros gruñendo nadaban en su campo de visión. Sacudió la cabeza pensando que estaba soñando. De repente, las caras se enfocaron perezosamente y sus ojos casi se le salieron de las órbitas. El gato estaba tan feliz que se olvidó por completo de su carga espinosa y se preparó para saltar. Percibiendo esto, Hedgie le dejó marchar ágilmente y se lanzó al suelo de forma extraña. Él sabía cuándo no le querían y se dirigió hacia la puerta más cercana.

Echando un último vistazo hacia atrás, el erizo se rio entre dientes por el jaleo montado. Los cuerpos de las ratas eran lanzados por todas partes. Uno incluso aterrizó sobre su espalda, pero no se quedó mucho tiempo. La espalda de un erizo no es precisamente un lugar suave para aterrizar, sobre todo cuando acabas de recibir un fuerte golpe de un gato rabioso.

Solo el felino pelirrojo estaba feliz. Se sentía diez años más joven mientras brincaba, dejando un rastro de ratas a su paso. Aquello se estaba volviendo tan sencillo que empezó a dar golpes a las ratas por la espalda para ofrecerles la oportunidad de defenderse.

9

A CONTRACORRIENTE

El rey Freddie maldijo ante los ruidos producidos por la persecución, los cuales indicaban que sus sueños de color de rosa estaban llegando a su fin. Por lo menos él, y nadie más, se encargaría de ese canalla entrometido de Startup. La idea le llenó de una felicidad especial, más que resarcirle por la pérdida de sus tropas.

En frente, Lola tiraba de la cuerda con saña, haciendo que Startup se retorciese de dolor.

-No te queda mucho-se regocijó ella cuando el viejo roble apareció ante su vista-Aquí te columpiarás, desde esa rama de arriba, para que todos lo vean.

Startup forcejeó furiosamente y cuando la

procesión bajó el ritmo, el rey Freddie se apresuró.

-¿Quién os dijo que os detuvieseis? ¿Estáis locos?-gritó.

El capitán Mayfair avanzó nervioso, medio buscando señales de persecución detrás de ellos.

-Lola tiene razón, Freddie. Jamás nos saldremos con la nuestra con esta carga que nos retrasa. ¿Por qué no nos deshacemos de ellos ahora?-dijo.

-¿Freddie?-gruñó la rata parda de forma amenazante-¿Quién te ha dicho que me puedes llamar así? Para ti soy el rey Freddie. Sigue moviéndote, tengo algo mejor reservado para nuestros jóvenes amigos conejos. ¡Moveos!

Murmurando furiosamente para sí mismo, el capitán Mayfair obedeció. Aunque había perdido a sus tropas, el rey Freddie seguía siendo una fuerza formidable a tener en cuenta, y como el capitán era un cobarde por naturaleza no tenía intención de discutir con él.

Dentro del roble el búho se movió. Al escuchar por casualidad el último comentario, redobló sus esfuerzos para liberarse, antes de caer exhausto. Transcurrió un momento que pareció una eternidad, y después Grumps se despertó y escuchó que otro animal se acercaba lenta y comedidamente. Solo podía ser...

-Oh, date prisa, Hedgie-suspiró-Este no es momento para ir despacio.

Hedgie se detuvo y parpadeó-¿Eres tú, Grumps?-preguntó.

-Bueno, si no lo soy, estoy haciendo una imitación extraordinaria-gruñó Grumps-Déjate de cháchara y libérame. Y puedes contarme lo que ha pasado.

Sin más preámbulos Hedgie hizo lo que se le pidió. Encontró un trozo del espejo del búho que las ratas habían roto y comenzó a cortar las cuerdas. Mientras lo hacía, le contó a Grumps lo que había sucedido y aquel, con tristeza, puso al día a su amigo.

Hedgie retrocedió horrorizado-¿Qué podemos hacer?-dijo.

Grumps luchó por ponerse de pie y se frotó las piernas donde la cuerda le hizo rozadura-Te diré lo que puedes hacer. Puedes desatar a Oswald el pato y conseguir que reúna a todos los demás animales en el granero y les diga que vayan hasta la orilla lo más rápido posible. Todavía tenemos tiempo para impedir que las ratas lleguen. Mientras tanto intentaré retrasarlas de alguna forma.

-Pero Grumps-protestó Hedgie con ansiedad-No estás en condiciones de hacer nada. Deberías estar descansando.

-¿Descansando?-gritó el búho con casi todas sus viejas fuerzas recuperadas-El día que yo descanse más vale que me entierres, porque no serviré para nada. Ahora encárgate de Oswald.

-¿Oswald?-dijo Hedgie de forma triste, mirando en la penumbra-Aquí no veo a nadie, Grumps-miró hacia atrás, pero en ese breve espacio de tiempo, el sabio búho había dado algunos pasos tambaleantes y se lanzó valientemente, desapareciendo en la oscuridad.

Sacudiendo la cabeza, Hedgie palpó con sus púas y después escuchó un grito ahogado que intuyó que debía ser de Oswald-Vamos, Oswald-dijo profundamente-Esperemos que no se haga de noche demasiado pronto; de lo contrario serás un pato en rodajas para la cena.

Temiendo que las ratas que huían ya estuviesen a mitad de camino de su escondite, el búho cruzó torpemente el jardín y se dirigió hacia los árboles que estaban en el lateral del sendero, con la esperanza de interceptar al enemigo por ahí.

-Deberían estar por aquí-susurró el capitán Mayfair, agachándose y mirando por los arbustos. Miró por el camino en dirección al río que estaba al otro lado.

-Apartaos, dejadme ver-resopló el rey Freddie empujando a los demás a un lado. ¿Dónde habrá ido ese tonto?-preguntó con impaciencia.

-Estoy aquí-susurró furioso el capitán.

El rey Freddie se inclinó-¿Qué haces ahí abajo, cretino? Todavía no te he dicho que bajases-gritó.

-Tú me empujaste-respondió de forma estrangulada.

-Bueno, mientras estás ahí, mira si puedes ver la barca. Como ese idiota no haya llegado todavía...

La atención de todos los presentes estaba puesta sobre el rey Freddie, y por primera vez nadie vigilaba a los prisioneros.

Eso era todo lo que Startup necesitaba. Durante la caminata desde el granero estuvo luchando contra las cuerdas anudadas a su espalda y consiguió soltarse una pata. A pesar del dolor, iba cojeando y agarrado a Prudence. Por el camino, no pudo resistirse a darle un golpe al rey Freddie cuando pasaba, causando que este perdiese el equilibrio con un grito salvaje y desapareciese de la vista.

-¡Aaaaah!

Startup buscó a Puggles con la mirada y la sonrisa desapareció de su rostro. Su amigo se encontraba acorralado por más ratas pardas en la retaguardia.

Antes de poder decidir cómo ayudarles, Puggles valientemente desperdició cualquier posibilidad de escapar al arrojarse sobre las ratas y derribarlas con su enorme peso.

-Marchaos mientras yo me ocupo de este grupo-gritó.

Startup dudó. Un minuto más y sería demasiado tarde-¡Resiste, Puggles! Volveremos-dijo.

Mientras los guardias miraban la pelea medio hipnotizados, la tierra pareció tragarse al conejo y a Prudence.

Cuando finalmente el rey Freddie subió por la orilla del río, este estaba muy furioso.

-¿Dónde están los prisioneros?-farfulló-¡Os echaré de comida a los peces por esto!-miró a las ratas aterrorizadas que negaban con la cabeza con impotencia-¡Tú!-gritó señalando a Puggles-¿Dónde se fueron?

Muy felices de echarle la culpa, las ratas, acobardadas, empujaron a Puggles hacia delante.

Ocultando su miedo, Puggles le guiñó un

ojo misteriosamente al rey rata e indicó a los demás que se alejaran.

El rey Freddie frunció el ceño, pero captó la indirecta y de mala gana llevó a Puggles a la parte alta de la orilla para que nadie les escuchase. Esperó impaciente a que Puggles se enderezase.

-¿Y bien?

Puggles susurró algo inaudible y el rey Freddie se inclinó hacia delante, irritado.

-¿Qué has dicho, cerdo gordo?

Reaccionando, Puggles le dio un golpe a su torturador en la cintura, haciéndole caer otra vez en la orilla-Puede que sea un cerdo gordo-gritó desafiante-¡pero no soy una rata sucia!

Después de escarbar durante mucho rato, un rostro andrajoso y furioso se asomó por encima y observó sin decir una palabra.

Antes de que pudiera dar una orden, una aburrida Lola levantó la vista y dejó de limarse las uñas-Deberías haber dejado que me ocupase de ellos, así no habría sucedido nada de esto-dijo ella.

El rey Freddie se puso rojo. Al ver que estaba a punto de estallar, el capitán Mayfair se adelantó y habló-Creo que se metieron en ese agujero del árbol-dijo.

-¿Eh? ¿Por qué no lo dijiste antes, imbécil?-espetó Lola.

Con una risa de regodeo, el rey Freddie aterrizó a los pies del árbol-Si están allí los encontraré, no temáis-prometió con maldad.

En el interior del árbol, Startup se llevó un dedo a los labios y señaló hacia arriba. Prudence asintió. Aunque se las habían arreglado para soltarse de todas las cuerdas que les ataban, todavía les resultaba incómodo utilizar los músculos, por lo que era algo agonizante tratar de abrirse camino por el interior del tronco sin tener apenas unas buenas sujeciones de las que ayudarse.

No habían llegado muy lejos cuando un grito triunfal del rey Freddie avisó a los demás de que los había visto, y el capitán Mayfair y Lola se apresuraron a entrar para unirse a él.

Pero antes de que nadie pudiera moverse, Puggles señaló dramáticamente hacia el cielo.

-¡Por todos los cielos! ¡Mirad eso!-gritó.

Acostumbradas a obedecer órdenes sin rechistar, las ratas pardas hicieron lo que se les dijo. Tras unos minutos de confusión, estas miraron de nuevo hacia abajo para descubrir que Puggles se había marchado.

-¡Caramba!-exclamó. Para su sorpresa, solo

había conseguido llegar hasta el árbol. Sin molestarse en llegar más lejos, se sentó, cubriendo el agujero de forma bastante generosa.

Desconcertadas por su comportamiento, las ratas se lanzaron en picado a por él. Con una gran sonrisa, Puggles simplemente levantó una pierna rechoncha y mandó a las ratas por los aires, esparciéndolas por todas partes.

-Primer asalto ganado, o eso creo-resopló Puggles-Bueno, ¿quién es el siguiente?-después de aquello, ninguna de las ratas pareció tener muchas ganas de aceptar su reto. Se quedaron allí sentadas mirándole con el ceño fruncido y escuchando el ruido de una persecución en el árbol.

Los dos conejos treparon más y más alto, avanzando despacio, hasta que la pobre Prudence comenzó a resbalarse.

-No puedo seguir-titubeó ella.

Startup echó un vistazo rápido por encima de su cabeza-No queda mucho-dijo-Casi estamos arriba.

Al mirar hacia abajo para ver cuánta distancia había entre ellos y sus perseguidores se sorprendió. El rey Freddie estaba mucho más cerca de lo que pensaba. Y el capitán Mayfair no se quedaba atrás.

Startup se giró hacia Prudence. Se dio cuenta de que ahora no tenía sentido que intentasen llegar hasta arriba. Prudence estaba a punto de desmayarse.

-Aguanta-susurró-Te ayudaré-cuando la acercó hacia él, de repente sintió una suave corriente de aire en la espalda. Extendió su mano hacia la oscuridad que había detrás de él y un trozo de corteza se desprendió de su pata, revelando un pequeño punto de luz.

-Por aquí, rápido-guió-Hay un hueco.

Sin esperar una respuesta, la empujó por el agujero de la rama y rápidamente fue tras ella, volviendo a colocar con cuidado el trozo de corteza en su lugar original.

Startup escuchó a las ratas que pasaban corriendo cerca de su escondite, casi sin atreverse a respirar. Unos minutos después oyó que el rey Freddie gritaba impaciente.

-¿Alguien ha aparecido por arriba?-preguntó.

-No-gritaron las ratas a la vez.

En la parte superior del árbol se produjo una consulta apresurada, y Startup escuchó, con el corazón hundido, la orden que se temía.

-Después rastread el árbol de arriba a abajo.

Están ahí, en alguna parte. Daré una fortuna a las ratas que los encuentren.

Con un grito, las ratas arremetieron contra Puggles desde todas partes ante la noticia, rodeándole con una cuerda para evitar que este atacase. Manteniéndose fuera del alcance de sus robustos pies traseros, le sacaron del agujero y se pelearon para entrar primero.

Startup se quedó helado cuando un pie pesado chocó contra el trozo de corteza que sostenía, y al minuto siguiente escuchó al rey Freddie sentándose en la cornisa de afuera y llamándoles.

-¡Daos prisa, desgraciados!-después se dirigió al capitán Mayfair y a Lola-Bien podríamos esperar aquí y dejar que ellos hagan el trabajo para variar.

Los otros dos suspiraron aliviados, y para horror de Startup, uno de ellos apoyó todo su peso contra la corteza haciendo que esta cediese.

Con el sudor corriendo por su frente, Startup se esforzó por mantener la corteza en su lugar. Justo cuando estaba a punto de soltarse, sintió que la postura se aflojó y alguien, que parecía el capitán Mayfair, se quejó.

-Aquí no se está muy cómodo. ¿Podemos

irnos a otro sitio? Parece como si alguien estuviese empujando-dijo.

-Dentro de un minuto sufrirás algo más que un empujón-amenazó el rey Freddie-Otra queja más y te tiraré por la borda.

Después de aquello se hizo el silencio y Startup se secó la cara. Se sentía claramente nervioso, y cuando una pata le dio golpecitos en la espalda casi se le salió el corazón. Prudence hacía gestos y señalaba por la rama con gran entusiasmo.

-Por aquí-dijo ella.

Startup asintió con una esperanza que iba en aumento. Lanzó una mirada frenética a su alrededor y agarró otro trozo de corteza rota, apretándolo contra el anterior, como un agarre provisional.

La penumbra se disipó gradualmente mientras avanzaban, con Prudence haciendo de guía. Finalmente esta se detuvo y señaló un punto. Sobre ellos, la pálida luz del atardecer se filtraba a través de una amplia grieta en la rama.

Mientras tanto, sintiéndose malhumorada e incómoda, Lola empujó al capitán Mayfair, que saltó nervioso y casi tira al rey Freddie de la cornisa.

-¿Vamos a esperar toda la noche?-espetó Lola.

El rey Freddie se puso en pie con un salto y rugiendo-¡Si no haces que ella se calle te enviaré de regreso a Siberia!-gritó.

Lola se levantó altiva-¿Vas a dejar que esa...rata me hable así?-preguntó.

El capitán Mayfair retrocedió cuando el rey Freddie casi perdió los nervios.

-¡Vaya, qué descarada nos ha salido!-gritó-¡Si no tuviese que atrapar a esa escoria te daría una buena lección!

-¿Tú y cuántos más?-resopló Lola con desdén.

Plaf. Dos botones del rey Freddie estallaron en su chaleco mientras este se tambaleaba hacia delante, lleno de rabia.

Por desgracia, el capitán Mayfair eligió ese momento para levantarse en un vano intento de tranquilizar a Lola, y accidentalmente provocó que el rey Freddie chocase contra el agujero obstruido. Al minuto siguiente este desapareció por el hueco con un grito.

Startup escuchó las voces alteradas y gimió mientras intentaba atravesar la brecha que estaba más arriba, sin éxito.

-Déjame intentarlo a mí-suplicó Prudence, que estaba a su lado-Soy más pequeña.

Con mucho gusto, el conejo se apartó y se preparó para empujar. Si tan solo fuese capaz de sacar a Prudence de allí, lograría, al menos, frenar a las ratas por un momento.

-Ahora-dijo Prudence, y él le dio un empujón todopoderoso. Ella soltó un chillido de alegría y después salió arriba, escarbando para agarrarse con fuerza a la rama que estaba afuera.

Al levantar la vista, Startup se dio cuenta de que con los esfuerzos que ella hizo por pasar había derribado accidentalmente un trozo de corteza y el agujero parecía más grande. Era ahora o nunca. Startup echó un último vistazo a las ratas que avanzaban. Soltó un grito de rabia cuando dio un salto desesperado. Durante un momento se quedó allí, a mitad de camino en el agujero. Después pateó con un último movimiento, y su pie rebotó en la cabeza del rey Freddie dándole el impulso extra que necesitaba.

El conejo se sentó jadeando sobre el agujero, esperando a recuperar el aliento, pero un pinchazo feroz en su pierna, desde abajo, le hizo cambiar de idea y se apresuró a seguir a Prudence.

Un gran grito surgió desde abajo cuando Startup apareció. De repente Prudence se sintió austada y dudó, y después vio el paisaje que se alzaba frente a ella y descubrió algo inesperado. La rama en la que se encontraban era tan larga que su extremo casi rozaba un árbol que estaba al otro lado del río. Todo lo que tenían que hacer era saltar de una rama a la otra. Una vez que estuviesen al otro lado nadie podría atraparles.

-Mira-gritó Prudence con alegría-podemos bajar hasta el árbol de allí-ella estaba tan feliz que saludó con picardía a las ratas que se arremolinaban a los pies del árbol, esperándoles.

Los dos conejos se apresuraron en llegar hasta el extremo de la rama, reduciendo la velocidad solo para saltar por encima del pequeño trozo de brotes que había por el camino. Durante todo el tiempo la rama se iba haciendo cada vez más pequeña, pero ellos no parecieron darse cuenta de ese detalle pues tenían prisa por escapar. Para entonces habían cruzado la vía y se encontraban por la mitad del río. En ese momento, la delgada rama comenzó a balancearse y sin previo aviso, se hundió bajo su peso. Prudence gritó y comenzó a deslizarse lejos de él.

-Aguanta-Startup tragó saliva, lanzándose hacia delante de forma instintiva para tirar de ella. Después se quedó helado cuando la rama cedió todavía más. Se retiró apresuradamente hasta que, con una gran sensación de alivio, vio que esta volvía a subir lentamente. Startup afrontó aquello con valentía-Ve tú primero-le animó-Yo esperaré aquí.

-Esa idea suena muy bien, conejo-ronroneó una voz suave.

Allí, detrás de él, estaba el rey Freddie, sumamente seguro de que por fin tenía a su más odiado enemigo a su alcance.

-¿Vas a venir o no?-chilló Prudence, con los oídos crispados de ansiedad por el sonido de las voces. La rama era tan estrecha que no podía darse la vuelta, pero no quería marcharse sin él.

-Estoy bien-gritó Startup con voz ronca-Vete, no me esperes. La rama no aguantará el peso de los dos a la vez. Iré justo detrás de ti.

-O debajo de ti-rio entre dientes el rey Freddie, cortando distraídamente algunas pequeñas ramas con su espada.

Startup se olvidó de su torturador. De

pronto, lo más importante era que Prudence pudiese escapar, incluso si eso significaba que él no podía.

-Date prisa-gritó él de modo apremiante-Estás deteniéndolo todo.

-Está bien-dijo Prudence de mala gana-Pero no tardes mucho.

-No lo haré-prometió deseando que avanzara.

Prudence respiró hondo y volvió a intentarlo. Esta vez la rama tembló pero se mantuvo firme, y la coneja siguió adelante.

Para que ella tuviese una oportunidad mejor de escapar, Startup retrocedió, acercándose peligrosamente al rey Freddie, ofreciéndole un objetivo perfecto para practicar.

Con la respiración contenida, Startup vio a su amiga lanzarse dando brincos y saltos para recorrer los últimos metros hasta alcanzar un lugar seguro. El último salto la dejó en el aire, mientras la rama se hundía debajo de ella. Después, con un movimiento y giro más de su cola, cruzó.

-¡Bravo!-se burló el rey Freddie-Hasta que nos volvamos a encontrar. Tengo grandes planes para esa joven-dijo de forma maliciosa.

Startup se giró hacia él de forma sombría-Primero tendrás que matarme-dijo.

-Pero claro que sí-asintió el rey Freddie suavemente-¿Dónde te gustaría que fuese?-trazó una cruz imaginaria con su espada a centímetros del rostro de Startup-¿En la cabeza o en el corazón?

-Antes deberás atraparme-se mofó Startup, vigilando con atención la punta de la espada mientras se alejaba.

Cada vez que el rey Freddie se lanzaba a por él, Startup saltaba hacia atrás, fuera de su alcance.

-Quédate quieto, conejo, maldita sea. ¿Cómo puedo atraparte si estás brincando como una ardilla?

-Ríndete-dijo Startup simplemente.

-Si lo hago estaré condenado-gritó la rata negra, enfurecida, y se lanzó en un ataque frenético que hizo que Startup retrocediese incluso más rápido. De pronto se resbaló y descubrió que la rama se movía debajo de él, y un grito de advertencia de Prudence le dijo que no podía ir más lejos.

Esa información fue recibida por el rey Freddie con un grito de zalamera satisfacción, y retomó su ataque poniendo todas sus fuerzas en este.

Esta es la mía-pensó Startup , que rápidamente saltó arriba y abajo para evitar a la espada mientras la hoja cortaba bajo sus pies. Pero para su desilusión, su atacante se quedó astutamente donde estaba-Si tan solo pudiera lograr que esté más cerca, podría hacer que perdiese el equilibrió-pensó el conejo.

-¿Eso es lo mejor que sabes hacer?-preguntó Startup con descaro. Se deslizó un par de centímetros hacia atrás y se inclinó hacia delante de forma tentadora. Observó que el rey Freddie dudaba si dar otro paso más, y eso era todo lo que él quería.

Por desgracia para Startup, una de las ratas de la barca de abajo tuvo la inspirada idea de encender un reflector justo en ese momento. Aquello abrasaba a través de la luz que se desvanecía, cegando totalmente al conejo.

Una sonrisa de regodeo asomó por la boca del rey Freddie. Este levantó su espada y tomó la posición clásica para dar la estocada mortal.

-No, conejo. Esto es lo mejor que sé hacer-y apuntó al corazón de Startup.

Justo cuando la punta de la hoja de espada estaba a punto de hacer contacto, se escuchó un graznido aterrador sobre sus cabezas, acompañado de un batir de alas, y algo negro se abalanzó directamente sobre la cabeza del rey Freddie, disuadiéndole totalmente de su ataque. Levantó su espada a ciegas para defenderse, pero el pájaro llegaba una y otra vez desde todos los ángulos.

Las ratas movieron frenéticamente el reflector con la esperanza de ayudar al rey Freddie a ver a su atacante, pero esto tuvo el efecto contrario.

-¡Apagad eso, idiotas, no puedo ver!-rugió, y el haz del reflector se tambaleó y se apagó de forma brusca. El contraste fue tan aplastante que no pudo ver nada y agitó su espada con impotencia.

El sabio búho, que era el atacante, aprovechó la confusión para posarse en la pata del enemigo y hundir su pico en ella.

-¡Ay!-gritó el rey Freddie, y tras blasfemar dejó caer su espada con estrépito. Un simple grito desde la barca avisó dónde había aterrizado esta.

Startup no perdió un segundo más. Con un grito salvaje, saltó directamente hacia su enemigo y los dos rodaron una y otra vez sobre la rama.

El capitán Mayfair era demasiado astuto para involucrarse en la pelea, pero mientras los otros dos luchaban y se abrían paso en su dirección, este esperó nervioso su oportunidad.

En ese momento uno de ellos se tambaleó, y en la oscuridad cada vez más profunda vio que se trataba de Startup. Aprovechando la ocasión, se estiró y tiró con fuerza de otra rama que había sobre su cabeza. Esta era lo bastante pequeña y flexible como para deslizarse hacia abajo y golpear a Startup, haciéndole ver las estrellas.

Startup se tambaleó y se aferró a la rama para estabilizarse. Con un grito triunfal, el capitán Mayfair corrió detrás de él para rematarle. Justo cuando este iba a alcanzarle, Startup soltó la rama, que dio a la rata en la cara y la tiró de lado.

Lola gritó y se apresuró en ir hacia delante, arañando y dando patadas. Después, al ver caer al capitán, saltó detrás de él con un grito de miedo.

-Ahora tú irás detrás de ellos-dijo el rey Freddie con maldad. Sacando un cuchillo escondido en su forro, se arrastró hacia Startup.

El pobre Startup todavía se encontraba aturdido, y creyó ver cuatro o cinco siluetas que se dirigían hacia él. ¿A por cuál voy?-se preguntó de forma estúpida, y después descubrió que de todos modos no le quedaban energías para hacer mucho al respecto.

Desde arriba, Grumps reunió todas las fuerzas que le quedaban y extendiendo sus alas voló inestable a la batalla. Errando en su acercamiento, sin embargo logró estrellarse de lado contra el rey Freddie y alterar su puntería, y después cayó como si fuese una piedra, desapareciendo de vista. Aquello fue todo lo que el búho pudo hacer, pero fue suficiente.

Una especie de desesperación oscura se instaló sobre Startup. Su único amigo se había marchado y fue todo por su culpa. Por primera vez en su vida, el lado amable del conejo se vio inundado por un abrumador deseo de venganza.

Destrozó al rey rata con todo lo que tenía, viendo tan solo el rostro del búho que se sacrificó para salvarle la vida. Al igual que Grumps, Startup ya no luchaba por sí mismo, sino por todo el pueblo y todo lo que amaba.

Al ver que estaba cerca de la muerte, el rey Freddie probó todos los trucos sucios que se le ocurrieron, pero su suerte se estaba agotando muy rápido.

-¡Si yo caigo tú también caerás conmigo!- gritó, agarrando a Startup mientras resbalaba. Por desgracia para él, su agarre se aferró a algo que se rompió bajo sus patas. Durante un breve segundo la rata mostró sus dientes en una mueca espantosa y después desapareció.

Por los aullidos y lamentos que flotaban y los sonidos de una salida apresurada, Startup supo, mientras seguía ahí aferrado, que la invasión de las ratas se había terminado.

No fue hasta después, cuando bajó cansado del árbol, que se dio cuenta de lo que le había salvado la vida. El amuleto de la suerte que Prudence le había regalado ya no estaba colgado de su cuello.

Mientras salía tambaleándose del árbol, le sonrió a Puggles, que le esperaba-Espero que el amuleto le traiga más suerte al rey Freddie, esté donde esté-jadeó. Después se desmayó.

10

NUESTRO MENSAJERO

Ahora que se encontraba otra vez en el redil familiar y todos sus viejos amigos se preocupaban por él, Startup sintió que nada volvería a ser lo mismo. Lo que había sucedido en los últimos días fue suficiente para que fuese recordado durante toda la vida de cualquier conejo normal.

Su madre, Dora, hizo todo lo posible para entender lo que ocurrió, y también su padre en cierto modo, pero sin demasiado éxito.

Todo ello se debía a Grumps. Aunque el sabio búho todavía estaba vivo, Startup estaba convencido de que todo era culpa suya. Con el médico luchando por salvar la vida de Grumps, el conejo se sentía más culpable que nunca.

-De alguna forma esto es peor que haberle perdido en la lucha-le confesó con tristeza a Prudence-Si tan solo le hubiese hecho caso antes nada de esto habría pasado-Startup pareció dejar la frase a medias.

-Tonterías-dijo Prudence enérgicamente, aunque se encontraba dolorida y radiaba simpatía-Cuando él se marche será como siempre quiso, luchando por aquello en lo que cree. Que ayude a sus amigos a la vez convierte esto en una ventaja para él. Tienes que ver eso.

-Yo sigo diciéndome lo mismo-dijo Startup con tristeza-Pero no parece que sirva de nada-y se alejó él solo para ocultar sus penas.

Prudence luchó para no seguirle-Esto es algo que tendrá que resolver él solo-le dijo a Puggles con tristeza, y después giró la cabeza rápidamente para que este no viese sus lágrimas.

-No te preocupes-dijo Puggles con brusquedad-Dale la oportunidad de que lo arregle.

Old Pebble Eyes, la anciana cigüeña asesora en el hospital de animales, no permitía las visitas a Grumps, así que Startup fue a dar un largo paseo él solo.

Fuese donde fuese, los animales se mostraban comprensivos ya que Grumps era muy respetado. Pero el tema de conversación estrella era el nuevo bebé que se esperaba en la cabaña de roble, y Startup se hartó de oírlo. Incluso su madre estaba cansada de aquello.

-Hace no mucho...-decía ella adrede, y todas sus amigas se sumergían inmediatamente en sus propios recuerdos.

De este modo las semanas se convirtieron en meses y después llegó el invierno, y aun así, el sabio búho resistió.

Cuando aparecieron los primeros copos de nieve Startup no se preocupó demasiado. Podía ver el sendero con bastante claridad, por lo que emprendió su viaje habitual hacia el hospital para preguntar por Grumps. Pero el mensaje seguía siendo el mismo que el del día anterior. Sin cambios.

Eran las diez en punto y el pálido sol de la mañana había desaparecido tras un nublado cielo amarillo. Y hacía frío, mucho frío.

Cuando regresaba, Startup no se quedó junto al estanque donde solía ver a Clara Goose. Mientras seguía caminando, no pudo evitar pensar en lo graciosa que era ella.

Tras filtrarse la noticia de la traición de la liebre, Leonard decidió que era hora de irse y Clara se mantuvo fiel a este.

Una calurosa noche de verano, ella juntó todos sus ahorros (Leonard se había asegurado de ello) y se fugaron a una comuna de trabajadores, como la liebre la llamaba alegremente, cerca de Islington, donde sus opiniones radicales estaban más de moda.

Lo único a lo que Clara se opuso, como le escribió a su prima Mabel, fue a que los demás esperasen que compartiese todos sus ahorros con ellos.

Naturalmente no hice tal cosa, querida, y soy sumamente impopular entre ellos. Sorprendentemente Leonard está de acuerdo conmigo. Sin embargo, te complacerá saber que le han pedido a mi marido que se presente a las elecciones locales. Tengo la sensación de que algún día se convertirá en un gran líder. Díselo a los demás, Mabel, porque me gustaría que supieran que tiene una buena reputación, a pesar de todas esas cosas horribles que dijeron de él-escribió ella.

Startup se detuvo y salió de su ensueño. Mirase donde mirase, el jardín estaba cubierto por una gruesa capa de nieve y todas sus pisadas habían desaparecido. Mientras estaba allí reflexionando, una gran cortina blanca ocultó la cabaña de roble cuando tan solo se encontraba a cuatro metros de esta.

Mientras peleaba contra los elementos, agachando la cabeza para evitar que la nieve le entrase en los ojos, fue en dirección a donde había visto la cabaña por última vez. En algunas zonas había tanta profundidad que tuvo que dar grandes saltos en el aire para evitar hundirse y desaparecer.

Cuando estaba a punto de perder toda esperanza de llegar hasta allí, corrió hacia la parte trasera de la cabaña, golpeándose la nariz contra la pared de ladrillos.

Espera un minuto-pensó, parpadeando con los ojos llorosos-Si sigo la pared de frente debería ser capaz de bajar los escalones hacia el sendero. Entonces solo tendría que cruzar el puente y el río y estaría en casa.

Asintió con la cabeza para tranquilizarse y después comenzó a doblar la esquina donde fue arrojado hacia atrás por toda la fuerza de la nevada. A estas alturas, apenas podía ver el sendero y mucho menos los escalones. Eso fue todo lo que pudo hacer para abrirse paso, centímetro a centímetro, hasta el porche delantero, donde se hundió agotado en el umbral.

Mientras recuperaba el aliento y se preguntaba qué hacer después, escuchó un silbido. Las cortinas que había sobre su cabeza se corrieron y un rayo de luz atravesó el sendero. Por encima se asomó una cara. Era George. Este miró disgustado la nieve que caía y después volvió a entrar.

Antes de que las cortinas se cerrasen otra vez, Startup observó con interés que había una gran jardinera enfrente que actuaba de protección contra el viento y mantenía alejada la nieve.

Arriesgándose a ser descubierto al instante, el conejo se sacudió la nieve y saltó hasta el amplio refugio del alféizar de la ventana, donde se acurrucó contra esta para entrar en calor. A través de una rendija en la cortina pudo ver a George paseando nervioso de arriba a abajo, proyectando una sombra en la ventana.

En el otro extremo de la habitación solo pudo ver a la joven esposa sentada en el sofá, envuelta en una manta, sonriéndole valiente a su marido cada vez que este se giraba hacia ella.

La siguiente vez que él se dio la vuelta, la sonrisa de ella se desvaneció y George se quedó allí de pie bastante preocupado. Tras pensarlo mucho, enderezó los hombros y volvió a pasar por la ventana como si hubiese tomado una decisión, y después subió las escaleras con estruendo.

Su esposa hizo una mueca de dolor ante los golpes y porrazos que se producían, y después de esperar lo que parecieron horas, George volvió a bajar con una maleta reventada por las costuras y la dejó junto a ella.

-Traeré la mía en un minuto-le dijo.

-Me alegro de que vengas conmigo-dijo ella en un tono natural, aunque le miró con amor mientras lo decía.

George asintió e intentó sonreír para tranquilizarla. Ahora que la decisión estaba tomada no tenía dudas, se acercó al teléfono y marcó un número. Se produjo un silencio largo y después volvió a marcar, cada vez más impaciente. Finalmente colgó el teléfono de golpe y se dirigió hacia la puerta principal donde luchó contra los cerrojos. Las ráfagas de viento abrieron la puerta con un golpe y grandes soplos de nieve arremolinada le envolvieron mientras se asomaba.

-El dichoso camino debe estar sepultado-dijo brevemente-Solo se puede hacer una cosa-murmuró casi para sí mismo.

-¿Qué haces ahí fuera, George?-su esposa le llamó.

Sin responder, este se puso las botas de agua lo más silenciosamente posible.

-George-insistió ella.

-Voy a salir a buscar al médico-comentó de forma casual.

-¡Con este clima eso es una locura!-se quejó ella, sabiendo que él no podía hacer nada-De todas formas no puedes salir sin el abrigo y está arriba.

George dudó, después se encogió de hombros y volvió a entrar. Lo que sucedió después fue casi demasiado rápido para apreciarlo. Él solo había subido la mitad de las escaleras cuando se produjo un ruido resbaladizo y una serie de golpes y palabras malsonantes. Al minuto siguiente George bajó volando hasta la puerta, agitando los brazos, y golpeó el suelo con un estruendo que hizo vibrar a la ventana. Poco después, una maleta cayó encima suya, golpeándole justo cuando intentaba levantarse.

Joan se levantó con esfuerzo e intentó cruzar la habitación, antes de darse por vencida y volver a sentarse.

-Oh, cariño, todo ha sido culpa mía-gritó-Si no te hubiese hecho subir las escaleras...

-Estoy bien-George negó con la cabeza de forma cautelosa y se recompuso para levantarse. Cuando su rostro estuvo a la altura de la ventana vio a Startup. Su grito de sorpresa se convirtió en un jadeo acelerado, y sujetándose la pierna se desplomó sobre una silla.

Preocupándose por él, Joan se movió a cámara lenta e intentó que se sintiese cómodo, pero cuando trató de enderezar sus piernas este soltó un grito que hizo que Startup saltara. Después de aquello, ella le dejó a solas y él recogió su maleta, quitándola de en medio antes de que alguien tropezase.

-Bueno, no la necesitaré-dijo apesadumbrado sin pensar, y al instante se arrepintió de sus palabras. Ambos se sentaron en silencio durante un momento, olvidando lo que había pasado.

Joan respiró profundamente, se levantó despacio y abrió la ventana sin hacer ruido.

-Hola, pequeño-dijo alegremente-Mira, has asustado al pobre conejito-le reprochó a George. Antes de que este pudiese objetar, ella levantó suavemente al conejo y le acarició la cabeza-Ven aquí, conejito-dijo cerrando la ventana-Veo que a ti tampoco te gusta la nieve. Me pregunto, ¿qué estará haciendo tan lejos de casa?-su sonrisa desapareció y se apretó en el costado-Ay, George, si el médico no viene pronto tendremos que arreglárnoslas por nuestra cuenta.

-¿Nosotros solos?-dijo George débilmente-Ni siquiera puedo levantarme-miró pensativo a Startup-Si fueses una paloma podríamos atarte un mensaje o algo así.

-Espera un minuto-dijo Joan, a quien se le había ocurrido una idea-Sujétale, ¿vale?-le pasó a Startup y se dirigió con cuidado a la repisa de la chimenea, donde encontró lo que estaba buscando-Esto debería funcionar.

Lo que tenía en sus manos era una fotografía de los dos de pie frente a la cabaña del día que llegaron. Ella rápidamente garabateó un mensaje en la parte trasera de esta y lo leyó.

-¿Qué tal suena esto? *"Es urgente, por favor manden inmediatamente al doctor a la cabaña de roble. Joan Rich va a tener a su bebé y George se ha lesionado la pierna. Por favor, dense prisa. Hora: 6 de la tarde"*.

Su marido agitó la mano con impotencia-Genial, pero, ¿de qué servirá eso? ¿Cómo se lo harás llegar?-dijo.

Joan miró a su alrededor pensativa-Ahora todo lo que necesito es un trozo de cuerda. Ya sé-esta se desató una cinta de su pelo-Esto servirá-usando un lápiz hizo un agujero con este en la esquina de la fotografía y después le ató la cinta-Vale, ya está. Este es conejito, nuestro mensajero-dijo.

George miró al techo como si su esposa finalmente hubiese perdido el juicio. Después, al darse cuenta de que ella iba en serio, trató de bromear con el asunto.

-Oh, claro que sí. Vamos conejito, es hora de caminar hacia el pueblo. Y cuando estés allí mete esta nota en el buzón del médico, ¿vale? Reconocerás su puerta porque su nombre está grabado en la placa. Eso sería una acción muy buena por tu parte, muchacho. Si lo haces conseguirás algunas zanahorias-dijo George.

-Sujétale con cuidado, cariño-dijo Joan ignorando sus comentarios-Te podrás reír pero este conejito va a ser nuestra entrega especial-le ató la cinta alrededor del cuello a Startup. Después abrió la ventana y colocó al conejo en el alféizar-Ahora hazlo lo mejor que puedas. Papá podrá reírse pero si eres un buen chico te daré un gran manojo de zanahorias para ti solo. ¡Vete!

Durante un momento Startup se quedó allí sentado mientras ella cerraba la ventana y después se movió inseguro hacia el borde.

-¿Y de qué crees que nos servirá esto?-preguntó George, intentando mover la pierna sin que le doliese.

-¿Se te ocurre algo mejor?-preguntó Joan.

George gruñó-En primer lugar, ¿por qué nos encerramos en un lugar tan remoto como este?-dijo.

-Oh, George-protestó-Sabes que no hubiésemos querido vivir en otro lugar. He sido rica en muchos sentidos, como nos recordó el párroco el otro día.

George intentó sonreír-Ya lo sé...es que...si tan solo ese médico tonto viniese como prometió...-comentó.

-Cariño-le tocó la frente para ver si tenía fiebre-¿Cómo es posible que el conejo haya venido con toda esta nieve? Ahora que sabe que esto es más urgente estoy segura de que se le ocurrirá algo-enderezándole en su silla, habló de forma olvidadiza-Mientras estemos así necesitaremos mucha agua caliente, así que ve y pon la tetera, querido...

Su marido no intentó contestar. Estaba demasiado cansado para hablar.

En el temporal helado del exterior, Startup intentó darle algún sentido a lo que había visto.

¿Qué se supone que debo hacer con esta cosa que tengo colgada del cuello?-pensó. Si tan solo su padre hubiese estado allí habrían sabido qué hacer.

Mientras se centraba en el problema, un sonido extraño que procedía de la parte superior de la jardinera le alteró. Primero se formó un pequeño bulto en la tierra, después se hizo más grande y apareció Spike, el gusano. Este echó un vistazo a la nieve que se amontonaba y habló.

-Ya es bastante malo tener que pasar todo el tiempo excavando bajo tierra sin encontrar cosas como esta encima-dijo.

Startup sintió envidia-Bien por ti. Al menos puedes alejarte de todo. Yo estoy aquí con un mensaje colgado del cuello y no sé qué hacer con él. De todas formas, ¿a dónde voy yo con este clima?-preguntó.

Spike se quitó un trozo de raíz de su chaleco-Oh, espero que quieran que vayas al médico. Todo el mundo dice que el bebé puede nacer en cualquier momento-explicó.

-¿Que yo vaya al médico?-repitió Startup sin entender nada-¿Con este tiempo? Él vive al otro lado del pueblo.

-Entonces...-dijo el gusano pensativo-yo no puedo ir, el bebé habría crecido ya antes de que yo llegase. Pero te diré una cosa...-y se sumergió bajo la tierra con un movimiento de su cola.

Había una capa de nieve bastante gruesa en el borde de la jardinera, y cuando el gusano reapareció Startup tenía más frío que nunca.

-Todo arreglado-dijo con alegría-Caw estará pronto aquí, él te ayudará.

-¿Caw?-preguntó Startup de mal humor-¿Quién es ese?

-Es Caw el cuervo, por supuesto-dijo Spike-Es un buen cuervo, hace lo que sea por ti. Sin embargo quieres ver lo que hace, ya que no puede apartar sus garras de nada.

Startup se quedó impresionado. No quiso preguntarle a Spike cómo se las arregló para conseguir un cuervo en tan poco tiempo. Ni cómo pensaba él que el cuervo podría ayudarle. Había escuchado que los gusanos de Hookwood eran muy inteligentes y además no quería parecer un estúpido.

Fiel a su palabra, apareció un gran cuervo negro y aterrizó en el borde de la jardinera. Este se pavoneaba de arriba a abajo y parecía fascinado por la cinta roja que Startup tenía alrededor de su cuello.

-Bueno, ahí estás-dijo Spike sin inmutarse por la gran forma que proyectaba una sombra sobre ellos-Startup quiere llegar al médico del pueblo. ¿Sabes cómo se va hasta allí?

-Croc-graznó el cuervo. Sus ojos pequeños se volvieron a fijar en la cinta roja-Yo me encargo de eso, ¿vale?

Startup se aferró instintivamente a la fotografía y después tuvo una idea inspirada-No, pero te puedes quedar con la cinta cuando lleguemos-dijo.

El cuervo tuvo que contentarse con eso, aunque mientras despegaban siguió mirándole con ojos codiciosos.

-Adiós, Spike-gritó Startup-Gracias por todo-después el cuervo y él fueron engullidos por una nevada cegadora que les elevó más y más y les golpeaba continuamente.

Los copos de nieve pegajosos chocaban contra Startup como una lluvia de balas, llenando sus ojos, boca y oídos hasta que no pudo ver ni oír nada. Fue una experiencia aterradora.

Ahora volaban a ciegas, e incluso el cuervo pareció perder el sentido de la orientación. Después de dar vueltas con incertidumbre, este descendió en picado bajo unos árboles y descubrió que se estaban acercando a la iglesia. Frenando ligeramente, corrigió su trayectoria de vuelo y atravesó el terreno hacia la calle principal. Mientras miraba hacia abajo para ver si el conejo todavía estaba allí, volvió a divisar la cinta roja que ondulaba locamente de un lado a otro, hasta que se quedó hipnotizado por el brillo de esta.

-¡Aaah! Eres mía-graznó, se inclinó y la mordió de forma agitada.

-Oye, ¡para!-dijo Startup jadeando, cuando el gran pico le arrancó algo de pelo en sus intentos por alcanzar la cinta. Movió su pata en un gesto inútil, que le dejó colgando inseguro de una sola pata.

Sin equilibrio, el cuervo movió su garra para enderezarse y eso debilitó el agarre de Startup. Vio que su pata se resbaló de la pata del cuervo y cayó con un horrible crujido en picado.

Ahora sé cómo se sentía Grumps-pensó de forma insignificante. Mientras giraba en el aire, vio que la iglesia se acercaba perezosamente a él-Por lo menos me enterrarán en el lugar correcto-bromeó para sí. Al minuto siguiente su boca se volvió a llenar de nieve y su cuerpo dejó una silueta sobre el manto blanco mientras se sumergía bajo este.

Así que este es el gran mundo animal de arriba-pensó-Al menos aquí se está cómodo.

Después, cuando respirar le resultó más difícil, cambió de opinión y empezó a dar patadas en todas direcciones.

-¡Ay!-farfulló cuando su pata golpeó un objeto duro-Esto no está bien. Si estoy muerto no debería sentir dolor alguno. Y redobló sus esfuerzos, levantándose sobre algo parecido a una piedra que tenía junto a él.

Cuando pensaba que le faltaba el aliento hizo un último abalanzamiento desesperado y se liberó de la gran carga que tenía sobre su pecho. Al instante comenzó a toser, jadear y...respirar. ¿Respirar?

-¡Estoy vivo!-gritó y se rio. En realidad aquello sonó más como un graznido, pero no le importó. Se quedó allí respirando puro aire fresco, feliz de estar otra vez en la tierra de los vivos. Después descubrió que estaba sentado sobre una lápida y la acarició agradecido, recuperando sus fuerzas-Me has salvado la vida, lápida, seas de quien seas-dijo.

Después de un rato se interesó más por lo que tenía alrededor y comenzó a averiguar dónde se encontraba. La iglesia estaba frente a él y solo podía ver la parte alta de la puerta lytch, donde el sendero aparecía dominando la calle principal. Si pudiese atravesar de alguna forma ese último espacio, podría rodar cuesta abajo por la orilla hasta llegar a la carretera, y después solo quedaría una distancia corta hasta el hospital de animales.

Solo entonces se dio cuenta de lo desesperada que era su situación. La lápida en la que se encontraba encaramado estaba rodeada de nieve, al igual que todas las demás lápidas hasta donde alcanzaba a ver. El camino hacia la puerta lytch probablemente pasaría junto a la lápida en la que estaba sentado, pero no podía utilizarlo. Si volvía a saltar y a quedarse atrapado en la nieve podría darse por vencido. El recuerdo de aquella sensación horrible de cuando aterrizó todavía le perseguía.

Un par de gorriones se posaron en una lápida a unos metros de distancia, y al ver a Startup, saltaron un poco hasta la siguiente. Su acción le dio una idea. Si ellos pueden, ¿por qué yo no?-pensó.Volvió a calcular la distancia.

-No tengo alas-admitió a su pesar-pero mis patas traseras deberían ser lo suficientemente fuertes.

Con el corazón acelerado, se preparó para la terrible experiencia. Tensó los músculos de sus patas traseras como resortes en espiral, y cerrando los ojos se lanzó salvajemente hacia la lápida más cercana, apareciendo entre la nieve como por un escalón sobresaliente.

El impacto del aterrizaje recorrió su cuerpo como un ariete y se quedó ahí, indeciso, preguntándose qué hacer después. Cuánto más tiempo pasaba allí, más inseguro se volvía. Finalmente tomó una decisión y se puso en marcha con valentía para saltar por todas las lápidas con paso firme, siguiendo un recorrido en zigzag que le acercó cada vez más a su meta. Cuando llegó a la mitad del camino, el cansancio se apoderó de él y se volvió un poco descuidado, calculando mal el aterrizaje. Sus patas se deslizaron por la cara de la lápida y casi perdió el conocimiento cuando rebotó hacia las profundidades asfixiantes.

Aterrorizado, intentó abrirse camino de regreso, pero no encontró ningún tipo de apoyo del que valerse. Se quedó indeciso, debilitándose cada vez más, hasta que realmente pensó que había llegado su hora.

-Por favor, perdóname-dijo jadeando-Solo quería ayudar a esos humanos y demostrarle a Grumps que en ocasiones puedo ser bueno.

Como respuesta a sus plegarias, su pie tocó un suave bulto elástico y se agarró a este, levantándose. Su cabeza salió a la superficie y una oleada de alivio le invadió, aunque aún no podía ver nada. Su alegría se esfumó rápidamente, ya que cuando se frotó los ojos se encontró cara a cara con un zorro de aspecto hambriento que estaba sentado a menos de medio metro de distancia, sobre la última lápida del camino. Se balanceó allí temblando, sin energía, incapaz de creer en su cruel suerte.

-Supongo que no cambiaría nada si te digo que voy de camino a ayudar a alguien-dijo cansado.

-¿Acaso no hacemos todos lo mismo?-respondió el zorro apático. Este fue hacia donde estaba Startup y le levantó sin esfuerzo-Qué mérito tenemos los animales-dijo el zorro de forma cordial-Aquí estás haciéndole una buena acción a alguien, y aquí estoy yo haciéndole también una buena acción al granjero. Es muy gratificante, ¿verdad?

Startup asintió, tratando desesperadamente de pensar en una salida.

-Eso hace que la vida valga la pena después de todo, ¿no?-siguió hablando el zorro-Ah, bueno, supongo que todas las cosas buenas deben terminar en algún momento-sujetó con más fuerza a Startup, preguntándose con qué trozo suculento empezar cuando vio la cinta roja que colgaba de su cuello-Mmm, conejo, eso es muy interesante. ¿Qué es exactamente?-preguntó, soltándole un poco para verlo más de cerca.

Startup dijo lo primero que se le ocurrió.

-Es un tesoro.

-¿De verdad lo es?-los astutos ojos del zorro parecieron taladrarle-¿Qué clase de tesoro?

El ingenio disperso del conejo comenzó a funcionar de nuevo-Tendré que enseñártelo-dijo al fin-Está todo escrito en código conejo, en la tarjeta.

-Hmm, bueno, estoy esperando.

-Aquí no-dijo el conejo rápidamente, sin atreverse a levantar la vista y revelar la verdad-Junto a la puerta lytch. Este no es lugar para ello.

El zorro dio la vuelta a su petición en su mente aguda y la examinó desde todos los ángulos-No estarás pensando en escapar cuando lleguemos allí, ¿verdad, conejo?

-¿Yo?-Startup abrió los ojos de la forma más inocente posible-¿Cómo podría?

-Está bien-espetó el zorro-Sigamos. Pero yo me haré cargo del tesoro por si acaso-arrancó la fotografía y la escudriñó.

-Pero zorro, no puedo llegar hasta la puerta

lytch yo solo-gritó el conejo con voz asustada-Tendrás que llevarme sobre tu espalda.

El zorro le miró inquisitivamente aunque pareció conforme.

Así que Startup subió sobre su espalda y el zorro se estiró para dar un salto perezoso. Justo cuando estaba arqueando la espalda, el conejo se quitó la cinta roja de su cuello y la dejó caer sobre la cabeza del zorro. Con un giro rápido, apretó la cinta y el zorro gritó y dejó caer la fotografía sobre su pata.

Ahogándose, el zorro fracasó y desapareció en la nieve, y Startup corrió por su espalda y saltó hacia la puerta lytch. Echó una breve mirada hacia atrás para ver las patas del zorro pateando furiosamente en el aire, y después corrió para salvar su vida junto a la pared que conducía a la calle principal.

Se detuvo mirando a la carretera. Todo estaba despejado. Con una premonición repentina, giró la cabeza y vio al zorro precipitándose desde el muro hacia él. Era ahora o nunca. Soltó una oración rápida, se lanzó a la carretera y corrió lo más rápido que pudo directo hacia el hospital. Siguió las profundas marcas de neumáticos dejadas por el tráfico que le mantenían encerrado en los carriles. Pronto pudo escuchar y casi oler al zorro que se acercaba a él, y eso le obligó a forzar todos los músculos de su cuerpo para seguir adelante.

Unos dientes chasquearon detrás de él y con un esfuerzo supremo se lanzó lejos. Después volvieron a atacarle, arrancando el pelo de su cola y luego, un terrible crujido se hundió en su pata trasera. Startup rodó una y otra vez, luchando por escapar mientras el zorro le acosaba y le mordía, ahora casi jugando con él, esperando acabar con él.

Se produjo una interrupción repentina y algo que ninguno de los dos esperaba. Sonó una bocina, los frenos chirriaron y se escucharon gritos a lo lejos. Después una lluvia de nieve les golpeó y Startup fue arrojado por los aires. Cuando volvió a aterrizar en el suelo, estaba sin aliento y se quedó allí sin poder moverse. Escuchó una voz hablando.

-Un animal estúpido salió corriendo justo frente a mí. No pude frenar.

-Pobre diablo, creo que está perdido.

-Abran paso, dejen un poco de espacio a la ambulancia.

Entonces una luz cegadora le identificó y escuchó susurros a su alrededor zumbando en sus oídos. El suelo ya no estaba duro. El conejo se sentía tan ligero que flotaba. Cuando volvió en sí, el zumbido era más fuerte y al abrir los ojos vio a Old Pebble Eyes mirándole miope.

Una burbuja de risa inundó el cerebro de Startup. No podía estar en mejores manos-pensó él, adormilado. Todo lo que necesitaba el conejo era beber algo y se quedaría dormido.

Cuando volvió a despertarse, su padre Ben estaba sentado allí, agarrando su pipa con ansiedad.

-El mensaje-murmuró Startup con la voz ronca, tocando la cinta.

-No te preocupes, hijo, todo está arreglado. Yo estaba allí cuando te trajeron. Encontramos la nota-Ben tragó saliva-Sinceramente nos pusiste los pelos de punta-después, para quitarle hierro al asunto, intentó reír y casi se ahogó-Se llevaron a ese médico del pueblo, el viejo Bumble, en una de esas máquinas voladoras. Tiene más miedo que los pacientes, no sé de qué me extraño. No soporta volar, ¿sabes?

Startup intentó levantar la cabeza-Y Grumps...¿cómo está Grumps?-preguntó.

-Pregúntale tú mismo-dijo Ben con los ojos brillantes. Tras eso movió su silla a un lado para que Startup pudiese ver la siguiente cama.

En su estado perezoso lo único que pudo

distinguir fue un rostro borroso que seguía sin poder ver claramente.

-Así que pensaron que también te habían atrapado a ti, ¿eh, conejo?-la voz era débil pero inconfundible.

-¡Grumps!-dijo Startup débilmente-Estás bien-sintió una vibración extraña en la garganta, como si se hubiera atascado, y las lágrimas corrieron por su rostro.

El viejo Ben se secó furtivamente una lágrima y manoseó su pipa.

El búho gritó con una pizca de su antiguo humor-Hacen falta más que un montón de ratas para acabar conmigo, muchacho. Todavía puedo enfrentarme a cien, si Old Pebble Eyes no me atrapa antes-dijo.

Startup se dejó caer hacia atrás con un suspiro de alivio. Todo volvía a estar bien. Su padre farfulló alegremente sobre su pipa, después recordó súbitamente dónde se encontraba y se la guardó en el bolsillo.

-Bendito sea Dios, el niño se ha vuelto a dormir-le guiñó un ojo a Grumps-Parece que después de todo puedo ir a almorzar.

Tras eso realmente no quedaba mucho por contar. Justo cuando todos los animales de Hookwood se sentaron para tomar una comida caliente se escuchó un zumbido en el cielo y un pequeño punto a lo lejos se hizo más y más grande. Un minuto después un helicóptero descendió en picado a la altura de la copa del árbol, con las piezas de su rotor repiqueteando y haciendo que los pájaros se dispersaran.

Se produjo un gran sentimiento de expectación mientras el helicóptero se cernía sobre la cabaña de roble, y un interés todavía mayor cuando dos personas bajaron desde la puerta del mismo hasta el pequeño trozo de césped que tenían a sus pies.

Después de aterrizar aparecieron dos bultos con postes que sobresalían y que fueron llevados hacia la cabaña.

La mayoría de los animales de Hookwood se reunieron en los árboles para mirar boquiabiertos cómo sacaban a Joan y George y se los llevaban con cuidado. Después los dos hombres parecían discutir por algo y señalaron a una tercera camilla. Se escuchó una ovación confusa cuando por fin despegaron los dos, y los animales pensaron que aquello era el mejor regalo que les habían hecho desde la feria.

Cuando el último miembro de la tripulación subió a bordo, el piloto habló.

-¿Para quién era la otra camilla, Jack?-preguntó.

-Para el doctor, por supuesto-respondió el otro hombre de forma breve-Era la única forma de subirle otra vez.

En ese momento tuvieron que sacar al médico de la camilla con bastante rapidez, porque poco después se escucharon los llantos sanos de un bebé. Y algunos animales de Hookwood afirman sin pestañear hasta el día de hoy que escucharon al bebé por encima del ruido de los motores del helicóptero.

Joan estaba a punto de estallar de orgullo cuando Bumble atravesó dando tumbos el espacio, bastante estrecho, y le entregó un pequeño bulto para que lo sostuviera.

-Nunca pensé que tendríamos a nuestro primer hijo en un helicóptero-dijo mientras le sonreía a su esposo.

George intentó sonreír y se agarró la barriga-Y el último, espero- dijo.

-Y nunca pensé que tendría que viajar en un helicóptero para llevar a uno, querida-dijo Bumble nervioso, desplomándose en el asiento de lona más cercano-Oh, creo que esto es para ti-recordó, pasándole una fotografía arrugada.

-¿Lo ves, George?-Joan se emocionó agitando la foto ante él-Después de todo, el conejito lo consiguió-se giró hacia el bebé y le susurró-Un día, pequeño mío, te contaremos todo sobre aquel conejito valiente que va a conseguir el mayor ramo de zanahorias que haya visto en su vida-dijo.

-FIN-

Querido lector,

Esperamos que hayas disfrutado leyendo *Historias de Hookwood*. Tómese un momento para dejar una reseña, incluso si es breve. Tu opinión es importante para nosotros.

Atentamente,

Michael N. Wilton y el equipo de Next Charter

SOBRE EL AUTOR

Después de hacer el servicio militar en la Real Fuerza Aérea Británica, Michael regresó a la banca hasta que surgió la oportunidad de seguir una carrera como escritor. Tras trabajar como responsable de prensa para varias empresas de ingeniería eléctrica se le pidió que crease una oficina de prensa central como jefe del grupo de prensa de una empresa de ingeniería. De ahí pasó a convertirse en el director de publicidad de una empresa de vuelos chárter de aviones y helicópteros, donde participó en la realización de una película sobre las actividades de la compañía en el país y en el extranjero.

Se interesó tanto en los rodajes que se unió a un socio para realizar películas industriales durante varios años, antes de terminar su carrera encargándose de la publicidad de investigación para una empresa nacional de transmisión de gas.

Desde que se jubiló ha cumplido su sueño de convertirse en escritor y ha escrito dos libros para niños, así como varias comedias románticas.

Puede leer más acerca de Michael en su web: http://michaelwilton.co.uk

El espía que no sabía contar

Imponer un nombre de pila como Jefferson Youll a un joven al que ya se le ha endilgado un apellido como Patbottom es una desventaja suficiente para cualquiera, pero si tienes la desgracia de haber asistido a la Escuela Elemental de Watlington y terminar tan gordo como una tabla, la vida se vuelve muy complicada.

Después de conformarse y enfrentarse a una sucesión de trabajos sin futuro, él encuentra un santuario en un departamento de estadística del Gobierno que se dedica a los números. Para escapar de la atención amorosa de su siempre atenta colega, Jyp se esconde en otra oficina, donde es confundido con un experimentado asesino de espías y reclutado por uno de los departamentos de seguridad de Gran Bretaña.

A trompicones, se adentra en una lucha para desenmascarar a una serie de espías de confianza en el corazón del Whitehall en una batalla desesperada para ganar la mano de su verdadero amor.

Lightning Source UK Ltd.
Milton Keynes UK
UKHW010640210521
384122UK00001B/43

9 781006 971327